Molière

Les Fourberies de Scapin

(1671)

Texte intégral

LE DOSSIER

Une comédie d'intrigue menée par un valet

L'ENQUÊTE

La vie des valets au XVIIe siècle

Notes et dossier
Nouamane Djellal
certifiée de lettres modernes

Collection dirigée par
Bertrand Louët

Hatier

Sommaire

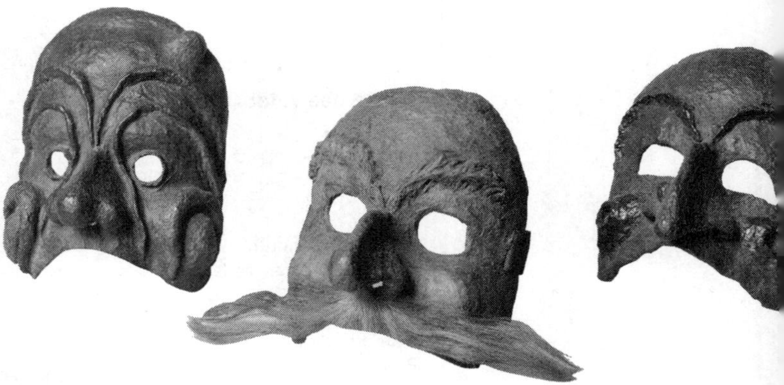

ISBN : 978-2-218-98710-6

Masques de la Comédie-Italienne, *XVIIe siècle. Paris, Bibliothèque de l'Arsen*

En lien avec ce livre, retrouvez sur **You Tube Théâtre Hatier**, des extraits vidéo de la mise en scène d'Omar Porras (2009).

Les Fourberies de Scapin

Qui sont les personnages ?

Les valets

SYLVESTRE

Au service d'Octave, il représente – à l'opposé de Scapin – un valet niais et peureux.

SCAPIN

Valet de Léandre, c'est lui qui mène le jeu tout au long de la pièce. C'est un personnage rusé, voire malhonnête, mais sympathique car toujours prêt à mettre ses talents aux services des jeunes amoureux.

Les pères

ARGANTE

Père d'Octave, Argante se révèle également, à la fin de la pièce, être celui de Zerbinette : l'enfant que des bohémiens lui ont autrefois volé. Argante est une caricature de père : à la fois tyrannique, avare et lâche.

GÉRONTE

Père de Léandre,
Géronte a également eu,
d'une seconde femme,
une fille qu'il a fait élever
en secret et dont on apprend,
lors du dénouement,
qu'elle est cette Hyacinte
qu'aime Octave.
Doté des mêmes défauts
qu'Argante, Géronte est
en plus particulièrement
crédule.

Les couples amoureux

LÉANDRE ET ZERBINETTE

Léandre, le fils de Géronte, s'est
épris de Zerbinette, la fille d'Argante
volée et élevée par des bohémiens ;
Zerbinette est une jeune fille
d'un naturel gai et insouciant.

OCTAVE ET HYACINTE

Octave, le fils d'Argante, s'est
épris de Hyacinte, la seconde fille
de Géronte.
L'un et l'autre se caractérisent
par leur sentimentalité.

Quelle est l'histoire ?

Les circonstances

L'histoire se déroule à Naples, au cours d'une même journée. Nous sommes à l'époque de Molière, une époque où les parents avaient toute autorité sur leurs enfants et « arrangeaient » leur mariage.

L'action

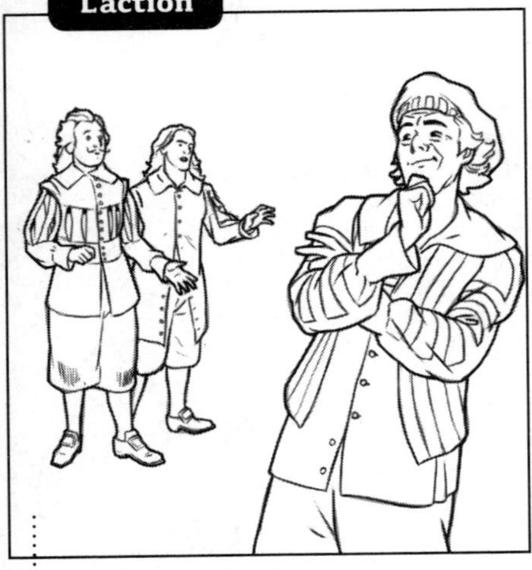

Sans consulter son père, Octave a épousé Hyacinte, une jeune fille pauvre et sans famille alors que son ami Léandre projette d'épouser Zerbinette, une jeune bohémienne. Les deux jeunes gens n'osent pas affronter leurs pères qui reviennent de voyage plus tôt que prévu ; ils demandent de l'aide à Scapin.

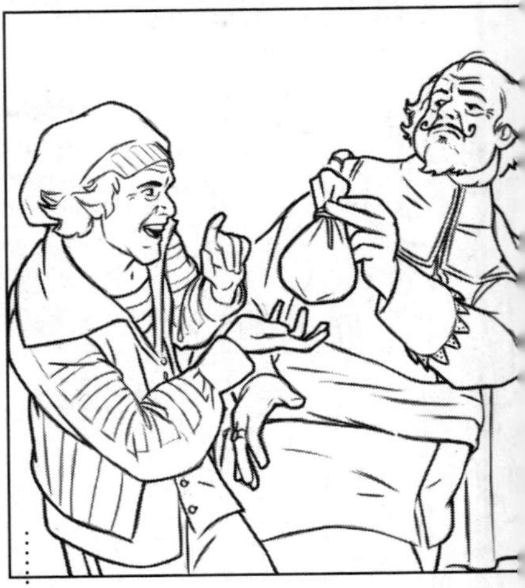

Lorsqu'ils apprennent le mariage et les projets de leurs fils, Argante et Géronte sont furieux. Mais Scapin, chargé par Léandre d'obtenir la rançon permettant de libérer Zerbinette, réussit à leur extorquer une somme importante.

Abraham Bosse (1602-1676), Suite des quatre âges de l'homme, l'adolescence *(détail), vers 1636.*

Le but

La pièce voit le triomphe, grâce aux fourberies de Scapin, du clan des jeunes gens contre celui des pères. Dans cette comédie* pleine d'inventions, au rythme étourdissant, l'objectif est bien de défendre les droits des amoureux et de faire rire de pères trop autoritaires.

Sous prétexte de le protéger d'un frère de Hyacinte qui reproche à Géronte de vouloir rompre le mariage de sa sœur, Scapin enferme le vieil homme dans un sac et le roue de coups.

Argante et Géronte sont de plus en plus en colère lorsqu'ils apprennent qu'ils ont été dupés. Mais un heureux hasard réconcilie pères et fils, et Scapin s'en sort grâce à une dernière fourberie...

Qui est l'auteur ?

Jean-Baptiste Poquelin, dit Molière (1622-1673)

• LE DIRECTEUR DE L'ILLUSTRE-THÉÂTRE

Né en 1622 à Paris, dans une famille bourgeoise, Jean-Baptiste Poquelin décide, à l'âge de 21 ans, de devenir comédien. Il fonde sa compagnie, l'Illustre-Théâtre.

Mais les débuts sont difficiles dans la capitale. Il part alors en province avec sa troupe et y monte des spectacles pendant treize ans. C'est au cours de cette période qu'il prend le nom de Molière.

• LA PROTECTION DU ROI

De retour à Paris en 1658, c'est le triomphe. Louis XIV apprécie beaucoup ses comédies. En 1665, il lui accorde une pension et fait de sa compagnie la « Troupe du roi ».

Quinze pièces lui seront commandées : certaines jouées à l'occasion des fêtes à Versailles, d'autres à Paris, dans un théâtre qui fait partie des dépendances du Palais-Royal.

• UNE PRODUCTION INTENSE

Dans les années 1660, Molière ouvre une nouvelle voie avec plusieurs grandes comédies en cinq actes et en vers. Mais cette veine, satirique, ne plaît pas à tous.

Molière revient alors à des comédies plus légères : il enchaîne les succès avec *Le Médecin malgré lui* (1666), *L'Avare* (1668), *Le Bourgeois gentilhomme* (1670).

Atteint d'une maladie pulmonaire, il meurt en 1673, l'année de la création du *Malade imaginaire*.

le 24 mai 1671

c'est la première des *Fourberies de Scapin*

Les premières représentations

La première des *Fourberies de Scapin* a lieu le 24 mai 1671 au théâtre du Palais-Royal. C'est Molière qui tient le rôle de Scapin. Mais les circonstances ne sont pas favorables : la salle étant en travaux, les acteurs jouent sur une scène de taille réduite, avec des décors très simples.
Le public boude la pièce et le spectacle est arrêté au bout de dix-huit représentations.

… d'une comédie appelée à un immense succès

Après ce demi-échec, Molière laisse la pièce de côté.
Ce n'est qu'après la mort de leur auteur que *Les Fourberies de Scapin* sont jouées devant le roi, et qu'elles obtiennent un succès triomphal.
Aujourd'hui, la pièce est l'une des comédies les plus jouées du répertoire français.

L'influence de la Comédie-Italienne

Molière a longtemps partagé la même salle de théâtre avec la troupe des Comédiens-Italiens. Il est un fervent admirateur de la commedia dell'arte et en maîtrise les techniques.
Les Fourberies de Scapin le prouvent : une intrigue simple mais efficace, des rebondissements incessants et, au centre de la pièce, un des masques typiques de la Comédie-Italienne, le valet confident et sauveur des jeunes amoureux.

Jacques Callot (1592-1635). Le Zani ou Scapin de la commedia dell'arte. *Paris, Bibliothèque nationale de France.*

Que se passe-t-il à l'époque ?

Sur le plan politique

• LA MONARCHIE ABSOLUE

Louis XIV gouverne seul et dirige tout. Il concentre tous les pouvoirs autour de lui. Il est considéré comme le représentant de Dieu sur terre. Sous son règne, la France est la première puissance politique, économique et militaire en Europe.

• LA CONSTRUCTION DU CHÂTEAU DE VERSAILLES

Dès 1661, Louis XIV décide de transformer en palais un pavillon de chasse de Versailles. Dans le château issu de ces travaux, devenu le symbole de l'art français du XVIIe siècle, il installe sa cour et le gouvernement en 1682. Il attire la haute noblesse auprès de lui pour mieux la surveiller, lui accordant des pensions, la flattant et la divertissant.

• DES GUERRES INCESSANTES

Louis XIV a consacré 32 années de son règne à faire la guerre pour manifester sa puissance et étendre le territoire de la France. Il enrichit le pays en créant des manufactures et en développant le commerce. Mais, à la fin de son règne, la France est ruinée par les guerres. Les mauvaises récoltes, les impôts et les hivers difficiles ont rendu le roi impopulaire.

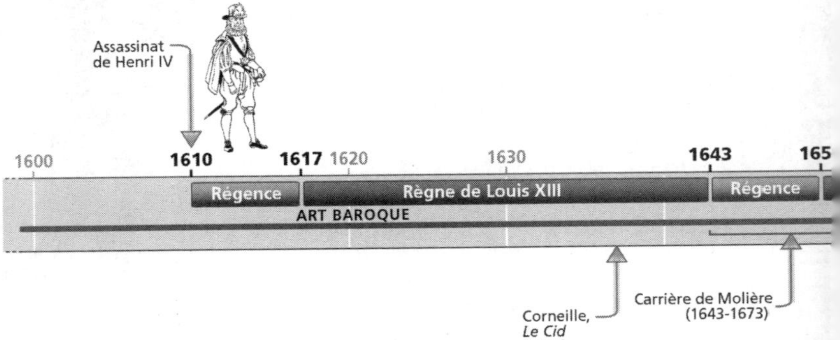

Sur le plan culturel

● UN ROI PROTECTEUR DES ARTS

Pour affirmer son prestige, Louis XIV protège les artistes en leur versant des pensions ; il entretient des relations privilégiées avec certains d'entre eux (Molière, Racine, Lully). Passionné par la danse et les spectacles, il fait de sa cour un lieu de divertissement et de fêtes. La culture française rayonne en Europe dans tous les domaines : littérature, peinture, sculpture, architecture, musique...

● L'ÂGE D'OR DU CLASSICISME

Boileau en littérature et Le Brun en peinture s'inspirent de l'Antiquité pour fixer les règles de l'art classique : le « beau » est désormais le fruit d'un long travail pour atteindre la perfection de la forme. L'idéal classique est aussi un idéal moral, celui de l'honnête homme*.

● LA VIE THEÂTRALE

Le XVIIe siècle est le siècle du théâtre avec Corneille et Racine pour la tragédie, et Molière pour la comédie. À Paris, trois troupes bénéficient de la bienveillance du pouvoir : la troupe royale joue à l'Hôtel de Bourgogne, la troupe du Marais au Jeu de paume, et la troupe de Molière au Palais-Royal. Les Comédiens-Italiens, quant à eux, jouent des commedia dell'arte dans la salle du Petit-Bourbon.

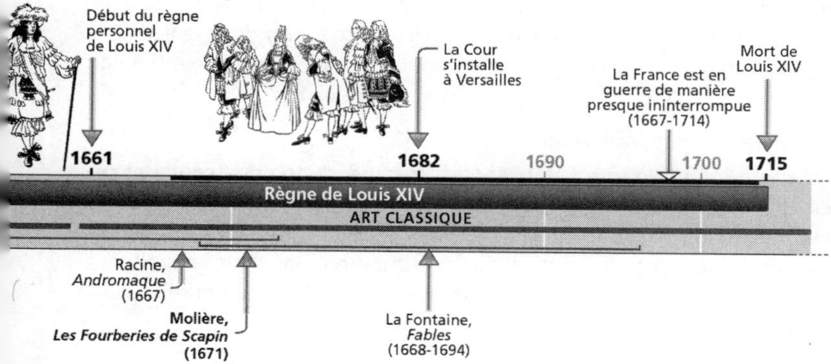

Entretien

avec **Omar Porras**,
metteur en scène des *Fourberies de Scapin*

***Né en 1963 à Bogota, fondateur du Teatro Malandro à Genève, Omar Porras nous explique ici sa vision de l'univers de Molière et sa mise en scène des* Fourberies de Scapin.**

« **Comment choisissez-vous les comédiens ?**

On confie plutôt *Les Fourberies de Scapin* à des comédiens chevronnés. Je voulais au contraire de jeunes comédiens et les former aux méthodes du théâtre masqué. Lionel Lingelser, qui joue Scapin, n'avait que 21 ans. Ce qui compte avant tout, c'est l'attitude physique et vocale, la spontanéité et la réactivité dans l'improvisation.

Combien de temps faut-il pour répéter un spectacle ?

Habituellement de cinq à sept semaines environ. Pour *Scapin*, nous avons travaillé treize semaines. C'est là une durée exceptionnelle, qui a permis que les comédiens apprennent et jouent tous les rôles, chacun trouvant progressivement le sien.

Pourquoi le jeu masqué ?

Par leur proximité avec la commedia dell'arte, *Les Fourberies* sont l'archétype du spectacle de jeu masqué. Au fil des répétitions, le jeu devenait maîtrisé au point que les masques restaient imprimés dans les attitudes et le corps des acteurs. Nous n'avons donc gardé que les perruques et les postiches. Sauf pour Scapin, qui a conservé son masque et sa chevelure rouge.

Qui est Scapin pour vous ?

Scapin est un fourbe bienfaisant. Il trompe, donne des coups et réconcilie les familles. Mi-Méphistophélès, mi-démiurge, il règne sur les autres grâce à une lucidité acquise au cours de ses souffrances passées. Mes origines amérindiennes me rendent aussi sensible à la dimension métaphysique du personnage : je crois aux elfes ou aux ondines. Scapin est l'une de ces créatures. C'est pourquoi je lui donne ces traits zoomorphes et cette souplesse.

Qu'est-ce qui vous semble le plus difficile pour mettre en scène Molière ?

De trouver la musique du texte car l'écriture de Molière est une partition musicale. C'est la raison pour laquelle il y a toujours beaucoup de monde en scène, à l'image d'un orchestre en train de jouer, et que nous avons écrit de la musique et des chansons. Rendre la vision politique que Molière donne de son époque est aussi essentiel. Il critique en effet les mœurs, le pouvoir des parents, l'éducation et parle de la lutte des classes.

Dans votre interprétation, Géronte, l'un des deux pères, est une mère. Pourquoi ce choix ?

L'éducation, les pères veufs sont très présents chez Molière. Comme de nos jours les familles monoparentales sont plutôt composées de femmes seules, il nous a semblé intéressant d'avoir la parole d'une femme. Géronte étant plus cruel qu'Argante, nous avons eu envie de mettre ses propos dans la bouche d'une femme.

Pourquoi situer l'action dans un bar ?

Les entrées et sorties sont fondamentales. Il fallait donc un lieu adapté. En improvisant une scène de beuverie autour d'une table, on a ajouté une chaise, puis un bar, les portes... le lieu était trouvé. Ce fut une gageure de transposer à l'intérieur une pièce qui se déroule sur le quai d'un port, mais cette transposition a induit de multiples effets.

Comment avez-vous conçu les décors et les costumes ?

Je suis parti de ce qui m'inspire, à savoir la musique, la peinture, et de cela j'ai fait un tableau coloré. Il faut tout poétiser, dit Novalis. L'œuvre est ainsi un monde d'illusions, d'espoirs que l'on traduit par une imagerie qui stimule l'imaginaire.

Que diriez-vous pour conclure ?

« Pour que le pommier donne des pommes d'or, il faut qu'un dragon dorme dans ses racines. » Molière, la langue française, votre tradition représentent la pomme d'or, et mon rôle est de nourrir cette parole ancienne et toujours nouvelle ; je suis un gardien qui veille sur le sommeil du dragon.

LE TEXTE

Les Fourberies de Scapin

LES PERSONNAGES

ARGANTE, *père d'Octave et de Zerbinette.*
GÉRONTE, *père de Léandre et de Hyacinte.*
OCTAVE, *fils d'Argante, et amant de Hyacinte.*
LÉANDRE, *fils de Géronte, et amant de Zerbinette.*
ZERBINETTE, *crue Égyptienne ➲, et reconnue fille d'Argante, et amante de Léandre.*
HYACINTE, *fille de Géronte, et amante d'Octave.*
SCAPIN, *valet de Léandre, et fourbe.*
SYLVESTRE, *valet d'Octave.*
NÉRINE, *nourrice de Hyacinte.*
CARLE, *fourbe.*
DEUX PORTEURS.
La scène est à Naples.

➲ La véritable identité de Zerbinette n'est pas connue au début de la pièce. Elle a été enlevée par des bohémiens lorsqu'elle était enfant. Elle ne sera reconnue comme la fille d'Argante qu'à la faveur d'un rebondissement dans les dernières scènes de la pièce.

Acte I

SCÈNE 1 – OCTAVE, SYLVESTRE

OCTAVE. – Ah ! fâcheuses[1] nouvelles pour un cœur amoureux ! Dures extrémités[2] où je me vois réduit ! Tu viens, Sylvestre, d'apprendre au port que mon père revient ?

SYLVESTRE. – Oui.

OCTAVE. – Qu'il arrive ce matin même ?

SYLVESTRE. – Ce matin même.

OCTAVE. – Et qu'il revient dans la résolution[3] de me marier ?

SYLVESTRE. – Oui.

OCTAVE. – Avec une fille du seigneur Géronte ?

SYLVESTRE. – Du seigneur Géronte.

OCTAVE. – Et que cette fille est mandée[4] de Tarente ➲ ici pour cela ?

SYLVESTRE. – Oui.

OCTAVE. – Et tu tiens ces nouvelles de mon oncle ?

SYLVESTRE. – De votre oncle.

OCTAVE. – À qui mon père les a mandées[5] par une lettre ?

SYLVESTRE. – Par une lettre.

OCTAVE. – Et cet oncle, dis-tu, suit toutes nos affaires.

SYLVESTRE. – Toutes nos affaires.

OCTAVE. – Ah ! parle, si tu veux, et ne te fais point, de la sorte, arracher les mots de la bouche.

---

1. **Fâcheuses** : mauvaises.
2. **Dures extrémités** : situation très difficile.
3. **Résolution** : intention.
4. **Mandée** : appelée.
5. **Mandées** : communiquées.

➲ **La pièce se déroule à Naples, près du port. Tarente est un autre port du sud de l'Italie où Géronte avait installé sa fille, Hyacinte, et sa seconde femme.**

SYLVESTRE. – Qu'ai-je à parler davantage ? Vous n'oubliez aucune circonstance, et vous dites les choses tout justement[1] comme elles sont.

OCTAVE. – Conseille-moi, du moins, et me dis ce que je dois faire dans ces cruelles conjonctures[2].

SYLVESTRE. – Ma foi ! je m'y trouve autant embarrassé que vous, et j'aurais bon[3] besoin que l'on me conseillât moi-même.

OCTAVE. – Je suis assassiné[4] par ce maudit retour.

SYLVESTRE. – Je ne le suis pas moins.

OCTAVE. – Lorsque mon père apprendra les choses, je vais voir fondre sur moi un orage soudain d'impétueuses réprimandes[5].

SYLVESTRE. – Les réprimandes ne sont rien ; et plût au Ciel que j'en fusse quitte à ce prix ! mais j'ai bien la mine, pour moi, de payer plus cher vos folies[6], et je vois se former de loin un nuage de coups de bâton qui crèvera sur mes épaules ➲.

OCTAVE. – Ô Ciel ! par où sortir de l'embarras où je me trouve ?

SYLVESTRE. – C'est à quoi vous deviez songer, avant que de vous y jeter.

OCTAVE. – Ah ! tu me fais mourir par tes leçons hors de saison[7].

SYLVESTRE. – Vous me faites bien plus mourir par vos actions étourdies.

OCTAVE. – Que dois-je faire ? Quelle résolution prendre ? À quel remède recourir ?

---

1. **Tout justement** : exactement.
2. **Cruelles conjonctures** : circonstances difficiles.
3. **Bon** : bien.
4. **Assassiné** : accablé.
5. **D'impétueuses réprimandes** : de vifs reproches.
6. **J'ai bien la mine, pour moi, de payer plus cher...** : j'ai l'air de quelqu'un qui va payer plus cher...
7. **Tu me fais [...] saison** : tu m'agaces avec tes remarques qui arrivent trop tard.

➲ **Sylvestre était chargé par Argante de veiller sur son fils en son absence. Le mariage récent d'Octave, sans le consentement de son père, peut lui valoir une punition corporelle (voir l'Enquête).**

SCÈNE 2 – SCAPIN, OCTAVE, SYLVESTRE

SCAPIN. – Qu'est-ce, Seigneur Octave, qu'avez-vous ? Qu'y a-t-il ? Quel désordre est-ce là ? Je vous vois tout troublé.

OCTAVE. – Ah ! mon pauvre Scapin, je suis perdu, je suis désespéré, je suis le plus infortuné[1] de tous les hommes.

SCAPIN. – Comment ?

OCTAVE. – N'as-tu rien appris de ce qui me regarde[2] ?

SCAPIN. – Non.

OCTAVE. – Mon père arrive avec le seigneur Géronte, et ils me veulent marier.

SCAPIN. – Hé bien ! qu'y a-t-il là de si funeste[3] ?

OCTAVE. – Hélas ! tu ne sais pas la cause de mon inquiétude ?

SCAPIN. – Non ; mais il ne tiendra qu'à vous que je ne la sache bientôt ; et je suis homme consolatif[4], homme à m'intéresser aux affaires des jeunes gens.

OCTAVE. – Ah ! Scapin, si tu pouvais trouver quelque invention, forger quelque machine[5] , pour me tirer de la peine où je suis, je croirais t'être redevable de plus que de la vie.

SCAPIN ➲. – À vous dire la vérité, il y a peu de choses qui me soient impossibles, quand je m'en veux mêler. J'ai sans doute reçu du Ciel un génie assez beau pour toutes les fabriques de ces gentillesses d'esprit, de ces galanteries ingénieuses[6] à qui le

1. **Infortuné** : malheureux.
2. **De ce qui me regarde** : en ce qui me concerne.
3. **Funeste** : tragique.
4. **Consolatif** : réconfortant.
5. **Forger quelque machine** : inventer une ruse.
6. **Galanteries ingénieuses** : histoires amoureuses pleines de rebondissements.

➲ **Dans cette réplique*, Scapin fait son autoportrait : il décrit son caractère. Il insiste sur ses capacités à inventer des « fourberies », c'est-à-dire des ruses, et met en avant son habileté et son imagination dans ce qu'il appelle un art.**

vulgaire[1] ignorant donne le nom de fourberies ; et je puis dire, sans vanité, qu'on n'a guère vu d'homme qui fût plus habile ouvrier de ressorts et d'intrigues[2], qui ait acquis plus de gloire que moi dans ce noble métier : mais, ma foi ! le mérite est trop maltraité aujourd'hui, et j'ai renoncé à toutes choses depuis certain chagrin[3] d'une affaire qui m'arriva.

OCTAVE. – Comment ? quelle affaire, Scapin ?

SCAPIN. – Une aventure où je me brouillai avec la justice.

OCTAVE. – La justice !

SCAPIN. – Oui, nous eûmes un petit démêlé ensemble.

SYLVESTRE. – Toi et la justice !

SCAPIN. – Oui. Elle en usa fort mal avec moi, et je me dépitai de telle sorte contre l'ingratitude du siècle[4] que je résolus de ne plus rien faire. Baste ! Ne laissez pas de me conter votre aventure[5].

OCTAVE. – Tu sais, Scapin, qu'il y a deux mois que le seigneur Géronte et mon père s'embarquèrent ensemble pour un voyage qui regarde certain commerce où leurs intérêts sont mêlés.

SCAPIN. – Je sais cela.

OCTAVE. – Et que Léandre et moi nous fûmes laissés par nos pères, moi sous la conduite[6] de Sylvestre, et Léandre sous ta direction.

SCAPIN. – Oui. Je me suis fort bien acquitté de ma charge.

OCTAVE. – Quelque temps après, Léandre fit rencontre d'une jeune Égyptienne ➔ dont il devint amoureux.

1. **Vulgaire** : ici, les gens.
2. **Habile ouvrier de ressorts et d'intrigues** : habile à inventer des ruses et des bons tours.
3. **Chagrin** : ici, ennui.
4. **Et je me dépitai de telle sorte contre l'ingratitude du siècle que...** : j'éprouvai un tel dépit contre le manque de reconnaissance de l'époque que...
5. **Ne laissez pas de me conter votre aventure** : ne renoncez pas à me raconter votre aventure.
6. **Conduite** : ici, responsabilité.

➔ **On pensait, au XVIIe siècle, que les gens du voyage venaient d'Égypte. Les mots « gitan » et *gipsy* en anglais viennent du mot « Égypte ». C'est pourquoi Zerbinette, qui vit avec des bohémiens, est désignée comme une Égyptienne.**

SCAPIN. – Je sais cela encore.

OCTAVE. – Comme nous sommes grands amis, il me fit aussitôt confidence de son amour et me mena voir cette fille, que je trouvai belle à la vérité, mais non pas tant qu'il voulait que je la trouvasse. Il ne m'entretenait que d'elle chaque jour ; m'exagérait à tous moments sa beauté et sa grâce ; me louait[1] son esprit, et me parlait avec transport[2] des charmes de son entretien[3], dont il me rapportait jusqu'aux moindres paroles, qu'il s'efforçait toujours de me faire trouver les plus spirituelles du monde. Il me querellait quelquefois de n'être pas assez sensible aux choses qu'il me venait dire, et me blâmait sans cesse de l'indifférence où j'étais pour les feux de l'amour.

SCAPIN. – Je ne vois pas encore où ceci veut aller.

OCTAVE. – Un jour que je l'accompagnais pour aller chez les gens qui gardent l'objet de ses vœux, nous entendîmes, dans une petite maison d'une rue écartée, quelques plaintes mêlées de beaucoup de sanglots. Nous demandons ce que c'est. Une femme nous dit, en soupirant, que nous pouvions voir là quelque chose de pitoyable en des personnes étrangères, et qu'à moins que d'être insensibles, nous en serions touchés.

SCAPIN. – Où est-ce que cela nous mène ?

OCTAVE. – La curiosité me fit presser Léandre de voir ce que c'était. Nous entrons dans une salle, où nous voyons une vieille femme mourante, assistée d'une servante qui faisait des regrets[4], et d'une jeune fille toute fondante en larmes, la plus belle et la plus touchante qu'on puisse jamais voir.

SCAPIN. – Ah, ah !

---

1. **Louait** : vantait.
2. **Avec transport** : avec passion.
3. **Son entretien** : sa conversation.
4. **Qui faisait des regrets** : qui se lamentait.

OCTAVE. – Une autre aurait paru effroyable en l'état où elle était ; car elle n'avait pour habillement qu'une méchante[1] petite jupe, avec des brassières de nuit[2] qui étaient de simple futaine[3] ; et sa coiffure était une cornette[4] jaune, retroussée au haut de sa tête, qui laissait tomber en désordre ses cheveux sur ses épaules ; et cependant, faite[5] comme cela, elle brillait de mille attraits, et ce n'était qu'agréments et que charmes que toute sa personne.

SCAPIN. – Je sens venir les choses.

OCTAVE. – Si tu l'avais vue, Scapin, en l'état que je dis, tu l'aurais trouvée admirable.

SCAPIN. – Oh ! je n'en doute point ; et, sans l'avoir vue, je vois bien qu'elle était tout à fait charmante.

OCTAVE. – Ses larmes n'étaient point de ces larmes désagréables qui défigurent un visage ; elle avait à pleurer une grâce touchante, et sa douleur était la plus belle du monde.

SCAPIN. – Je vois tout cela.

OCTAVE. – Elle faisait fondre chacun en larmes, en se jetant amoureusement[6] sur le corps de cette mourante, qu'elle appelait sa chère mère ; et il n'y avait personne qui n'eût l'âme percée de voir un si bon naturel.

SCAPIN. – En effet, cela est touchant ; et je vois bien que ce bon naturel-là vous la fit aimer.

OCTAVE. – Ah ! Scapin, un barbare l'aurait aimée.

SCAPIN. – Assurément. Le moyen de s'en empêcher ➲ ?

1. **Méchante** : ici, simple.
2. **Brassières de nuit** : chemises de nuit.
3. **Futaine** : tissu en lin et coton.
4. **Cornette** : bonnet de nuit.
5. **Faite** : ici, habillée.
6. **Amoureusement** : avec amour.

➲ **Scapin est ironique. Il se moque d'Octave et de son discours amoureux un peu bavard et exagéré, mais il s'en moque gentiment car le jeune homme paraît sincère.**

OCTAVE. – Après quelques paroles, dont je tâchai d'adoucir la douleur de cette charmante affligée, nous sortîmes de là ; et demandant à Léandre ce qu'il lui semblait de cette personne, il me répondit froidement qu'il la trouvait assez jolie. Je fus piqué[1] de la froideur avec laquelle il m'en parlait, et je ne voulus point lui découvrir l'effet que ses beautés avaient fait sur mon âme.[2]

SYLVESTRE, *à Octave.* – Si vous n'abrégez ce récit, nous en voilà pour jusqu'à demain. Laissez-le-moi finir en deux mots. *(À Scapin.)* Son cœur prend feu dès ce moment. Il ne saurait plus vivre, qu'il n'aille consoler son aimable affligée. Ses fréquentes visites sont rejetées de la servante, devenue la gouvernante par le trépas[3] de la mère : voilà mon homme au désespoir. Il presse, supplie, conjure : point d'affaire[4]. On lui dit que la fille, quoique sans bien, et sans appui, est de famille honnête ; et qu'à moins que de l'épouser, on ne peut souffrir ses poursuites[5]. Voilà son amour augmenté par les difficultés. Il consulte[6] dans sa tête, agite[7], raisonne, balance, prend sa résolution : le voilà marié avec elle depuis trois jours.

SCAPIN. – J'entends[8].

SYLVESTRE. – Maintenant mets avec cela le retour imprévu du père, qu'on n'attendait que dans deux mois ; la découverte que l'oncle a faite du secret de notre mariage, et l'autre mariage qu'on veut faire de lui[9] avec la fille que le seigneur Géronte a eue d'une seconde femme qu'on dit qu'il a épousée à Tarente.

---

1. **Piqué** : vexé.
2. **Lui découvrir l'effet que ses beautés avaient fait sur mon âme** : lui apprendre que j'étais tombé amoureux.
3. **Trépas** : décès.
4. **Point d'affaire** : rien à faire.
5. **Souffrir ses poursuites** : supporter qu'il courtise.
6. **Consulte** : réfléchit.
7. **Agite** : pèse le pour et le contre.
8. **J'entends** : je comprends.
9. **Faire de lui** : lui faire faire.

Morgane

OCTAVE. – Et par-dessus tout cela, mets encore l'indigence[1] où se trouve cette aimable personne, et l'impuissance où je me vois d'avoir de quoi la secourir.

SCAPIN. – Est-ce là tout ? Vous voilà bien embarrassés tous deux pour une bagatelle[2] ! C'est bien là de quoi se tant alarmer. N'as-tu point de honte, toi, de demeurer court[3] à si peu de chose[4] ? Que diable ! te voilà grand et gros comme père et mère, et tu ne saurais trouver dans ta tête, forger dans ton esprit, quelque ruse galante, quelque honnête petit stratagème, pour ajuster vos affaires ? Fi ! peste soit du butor ! Je voudrais bien que l'on m'eût donné autrefois nos vieillards à duper ; je les aurais joués tous deux par-dessous la jambe, et je n'étais pas plus grand que cela que je me signalais déjà par cent tours d'adresse jolis.

SYLVESTRE. – J'avoue que le Ciel ne m'a pas donné tes talents, et que je n'ai pas l'esprit, comme toi, de me brouiller avec la justice.

OCTAVE. – Voici mon aimable Hyacinte.

---

1. **L'indigence** : la pauvreté.
2. **Pour une bagatelle** : pour rien.
3. **Demeurer court** : ne pas savoir quoi faire, se retrouver à court d'idée, manquer de ressources.
4. **À si peu de chose** : pour si peu.

LECTURE ACTIVE 1

→ Voir aussi étape 1, p. 112.

Acte I, scènes 1 et 2 • L'exposition

As-tu bien lu ?

1 Quelles sont les relations entre les personnages de la scène 1 ? Ils sont :

☐ frères ☐ père et fils ☒ maître et valet

2 Quel est le projet du père d'Octave ?

☒ marier son fils à la fille de Géronte
☐ installer son fils à Tarente
☐ se remarier

3 Octave se réjouit-il de ce projet ? Précise pourquoi à l'aide de la scène 2. Non, car il est déja marier.

4 Comment se nomme le nouveau personnage qui entre au début de la scène 2 ? À ton avis, quelle va être sa place dans la pièce ?
C est scapin, il va être le p.p.

Atelier théâtre

Mimer des répliques

▶ ***Objectif.*** Mimer les répliques de Sylvestre au début de la scène 1 (l. 5-20) ; substituer au comique des mots répétés un comique de gestes.

▶ ***Préparation.*** Placer deux chaises pour délimiter la « scène » (entre les chaises) et la « coulisse » (à l'extérieur des chaises). La classe est répartie en quatre groupes. Dans chaque groupe, un élève joue Octave, les autres Sylvestre, avec un « chef de chœur ».

▶ ***Mise en jeu.*** Tour à tour, chaque groupe entre en scène : Octave dit ses répliques, celles de Sylvestre sont mimées par le chef de chœur, que les autres membres du chœur imitent.

▶ ***Réfléchir ensemble.*** Le chœur a-t-il bien fonctionné ? Les gestes sont-ils aussi comiques que les mots répétés ? Les informations de l'exposition passent-elles aussi bien ?

SCÈNE 3 – HYACINTE, OCTAVE, SCAPIN, SYLVESTRE

HYACINTE. – Ah ! Octave, est-il vrai ce que Sylvestre vient de dire à Nérine ? que votre père est de retour, et qu'il veut vous marier ?

OCTAVE. – Oui, belle Hyacinte, et ces nouvelles m'ont donné une atteinte cruelle[1]. Mais que vois-je ? vous pleurez ! Pourquoi ces larmes ? Me soupçonnez-vous, dites-moi, de quelque infidélité, et n'êtes-vous pas assurée de l'amour que j'ai pour vous ?

HYACINTE. – Oui, Octave, je suis sûre que vous m'aimez ; mais je ne le suis pas que vous m'aimiez toujours.

OCTAVE. – Eh ! peut-on vous aimer qu'on ne vous aime toute sa vie ?

HYACINTE. – J'ai ouï[2] dire, Octave, que votre sexe[3] aime moins longtemps que le nôtre, et que les ardeurs que les hommes font voir sont des feux qui s'éteignent aussi facilement qu'ils naissent.

OCTAVE. – Ah ! ma chère Hyacinte, mon cœur n'est donc pas fait comme celui des autres hommes, et je sens bien, pour moi que je vous aimerai jusqu'au tombeau.

HYACINTE. – Je veux croire que vous sentez ce que vous dites, et je ne doute point que vos paroles ne soient sincères ; mais je crains un pouvoir qui combattra dans votre cœur les tendres sentiments que vous pouvez avoir pour moi. Vous dépendez d'un père, qui veut vous marier à une autre personne ; et je suis sûre que je mourrai, si ce malheur m'arrive.

1. **M'ont donné une atteinte cruelle** : m'ont profondément affecté.
2. **Ouï** : entendu.
3. **Votre sexe** : ici, les hommes.

Retrouvez sur notre chaîne You Tube **Théâtre Hatier**, la vidéo de l'entrée de Hyacinte dans la mise en scène d'Omar Porras.

OCTAVE. – Non, belle Hyacinte, il n'y a point de père qui puisse me contraindre à vous manquer de foi[1], et je me résoudrai à quitter mon pays, et le jour même[2], s'il est besoin, plutôt qu'à vous quitter. J'ai déjà pris, sans l'avoir vue, une aversion[3] effroyable pour celle que l'on me destine ; et, sans être cruel, je souhaiterais que la mer l'écartât d'ici pour jamais. Ne pleurez donc point, je vous prie, mon aimable Hyacinte, car vos larmes me tuent, et je ne les puis voir sans me sentir percer le cœur.

HYACINTE. – Puisque vous le voulez, je veux bien essuyer mes pleurs, et j'attendrai d'un œil constant[4] ce qu'il plaira au Ciel de résoudre de moi[5].

OCTAVE. – Le Ciel nous sera favorable.

HYACINTE. – Il ne saurait m'être contraire, si vous m'êtes fidèle.

OCTAVE. – Je le serai assurément.

HYACINTE. – Je serai donc heureuse.

SCAPIN, *à part.* – Elle n'est pas tant sotte, ma foi ! et je la trouve assez passable ➲.

OCTAVE, *montrant Scapin.* – Voici un homme qui pourrait bien, s'il le voulait, nous être, dans tous nos besoins, d'un secours merveilleux.

SCAPIN. – J'ai fait de grands serments de ne me mêler plus du monde ; mais, si vous m'en priez bien fort tous deux, peut-être...

OCTAVE. – Ah ! s'il ne tient qu'à te prier bien fort pour obtenir ton aide, je te conjure[6] de tout mon cœur de prendre la conduite de notre barque.

---

1. **Manquer de foi** : être infidèle.
2. **Quitter [...] le jour même** : à mourir même.
3. **Aversion** : dégoût, répulsion.
4. **D'un œil constant** : avec patience.
5. **De résoudre de moi** : de décider pour moi.
6. **Je te conjure** : je t'implore, je te supplie.

➲ **Scapin exprime en aparté* un jugement sur Hyacinte, avec cette distance amusée qui le caractérise depuis le début.**

Octave console Hyacinte
Œuvres de Molière, précédées d'une notice sur sa vie et ses ouvrages par M. Sainte-Beuve, *illustrations Tony Johannot. Paris, chez J.-J. Dubochet et Compagnie, 1843.*

- Pour quelle raison Hyacinte pleure-t-elle ?
- Choisis une des répliques prononcées par Octave dans la scène 3 pour la réconforter.

SCAPIN, *à Hyacinte.* – Et vous, ne me dites-vous rien ?

HYACINTE. – Je vous conjure, à son exemple, par tout ce qui vous est le plus cher au monde, de vouloir servir notre amour.

SCAPIN. – Il faut se laisser vaincre[1], et avoir de l'humanité. Allez, je veux m'employer pour vous.

OCTAVE. – Crois que...

SCAPIN, *à Octave.* – Chut ! *(À Hyacinte.)* Allez-vous-en, vous, et soyez en repos. *(À Octave.)* Et vous, préparez-vous à soutenir avec fermeté l'abord[2] de votre père.

OCTAVE. – Je t'avoue que cet abord me fait trembler par avance, et j'ai une timidité naturelle que je ne saurais vaincre.

SCAPIN. – Il faut pourtant paraître ferme au premier choc, de peur que, sur votre faiblesse, il ne prenne le pied[3] de vous mener comme un enfant. Là, tâchez de vous composer par étude[4]. Un peu de hardiesse, et songez à répondre résolument[5] sur tout ce qu'il pourra vous dire.

OCTAVE. – Je ferai du mieux que je pourrai.

SCAPIN. – Çà, essayons un peu pour vous accoutumer. Répétons un peu votre rôle ➲, et voyons si vous ferez bien. Allons. La mine résolue, la tête haute, les regards assurés.

OCTAVE. – Comme cela ?

SCAPIN. – Encore un peu davantage.

OCTAVE. – Ainsi ?

SCAPIN. – Bon. Imaginez-vous que je suis votre père qui arrive, et répondez-moi fermement, comme si c'était à lui-même.

---

1. **Vaincre** : convaincre.
2. **L'abord** : l'arrivée.
3. **Il ne prenne le pied** : il n'en profite pour.
4. **De vous composer par étude** : de donner une autre image de vous.
5. **Résolument** : fermement.

➲ **Scapin se comporte ici comme un metteur en scène*, ce qu'il fait ensuite souvent dans la pièce.**

« Comment, pendard, vaurien, infâme, fils indigne d'un père comme moi, oses-tu bien paraître devant mes yeux, après tes bons déportements[1], après le lâche tour que tu m'as joué pendant mon absence ? Est-ce là le fruit de mes soins, maraud ? est-ce là le fruit de mes soins ? le respect qui m'est dû ? le respect que tu me conserves ? » Allons donc. « Tu as l'insolence, fripon, de t'engager sans le consentement de ton père, de contracter un mariage clandestin ? Réponds-moi, coquin, réponds-moi. Voyons un peu tes belles raisons ! » Oh ! que diable ! vous demeurez interdit[2] !

OCTAVE. – C'est que je m'imagine que c'est mon père que j'entends.

SCAPIN. – Eh ! oui. C'est par cette raison qu'il ne faut pas être comme un innocent[3].

OCTAVE. – Je m'en vais prendre plus de résolution, et je répondrai fermement.

SCAPIN. – Assurément ?

OCTAVE. – Assurément.

SYLVESTRE. – Voilà votre père qui vient.

OCTAVE, *s'enfuyant*. – Ô Ciel ! je suis perdu.

SCAPIN. – Holà ! Octave, demeurez[4]. Octave ! Le voilà enfui. Quelle pauvre espèce d'homme ! Ne laissons pas[5] d'attendre le vieillard.

SYLVESTRE. – Que lui dirai-je ?

SCAPIN. – Laisse-moi dire, moi, et ne fais que me suivre.

---

1. **Tes bons déportements** : ta mauvaise conduite.
2. **Interdit** : ici, sans voix.
3. **Un innocent** : ici, un idiot.
4. **Demeurez** : restez ici.
5. **Ne laissons pas** : ne manquons pas.

LECTURE ACTIVE 2

Acte I, scène 3 • Scapin prend les choses en main

As-tu bien lu ?

1 Dans la première partie de la scène, quelles craintes Hyacinte exprime-t-elle ?
- ☐ que Géronte rompe son mariage avec Octave
- ☒ qu'Octave lui soit infidèle
- ☐ que Scapin ne les trahisse, elle et Octave

2 Scapin, que les jeunes amoureux supplient de les aider, est-il difficile à convaincre ? Relève la réplique où il donne son consentement. Non, p. 27 ligne 223

3 Que se passe-t-il dans la seconde partie de la scène ? Qui joue quel rôle ? De quelle manière ? scapin joue le rôle du père pour s'entraîner à affronter son vraie père

Atelier théâtre

Scapin metteur en scène

▸ ***Objectif.*** Jouer la partie de la scène où Scapin fait répéter son rôle à Octave (l. 248-265) ; mettre en scène du « théâtre dans le théâtre ».

▸ ***Préparation.*** Former des groupes de deux : un élève incarne Octave, l'autre joue Scapin. Délimiter la « scène » et la « coulisse » (voir lecture active 1, p. 25). On peut jouer en s'aidant de son livre.

▸ ***Mise en jeu.*** Tour à tour, chaque groupe entre en scène : les répliques sont d'abord dites de manière neutre puis en ajoutant des effets (voix terrorisante pour Scapin quand il joue le père, expression exagérée de la peur pour Octave).

▸ ***Réfléchir ensemble.*** Comparer les jeux. Lesquels ont semblé les plus efficaces ? Pourquoi ? Confronter avec l'extrait de la mise en scène d'Omar Porras disponible sur notre chaîne You Tube **Théâtre Hatier**.

SCÈNE 4 – ARGANTE, SCAPIN, SYLVESTRE

ARGANTE, *se croyant seul.* – A-t-on jamais ouï parler d'une action pareille à celle-là ?

SCAPIN. – Il a déjà appris l'affaire, et elle lui tient si fort en tête que tout seul il en parle haut.

ARGANTE, *se croyant seul.* – Voilà une témérité[1] bien grande !

SCAPIN, *à part.* – Écoutons-le un peu.

ARGANTE, *se croyant seul.* – Je voudrais bien savoir ce qu'ils me pourront dire sur ce beau mariage.

SCAPIN. – Nous y avons songé.

ARGANTE, *se croyant seul.* – Tâcheront-ils de me nier la chose ?

SCAPIN. – Non, nous n'y pensons pas.

ARGANTE, *se croyant seul.* – Ou s'ils entreprendront de l'excuser ?

SCAPIN. – Celui-là se pourra faire.

ARGANTE, *se croyant seul.* – Prétendront-ils m'amuser par des contes en l'air ?

SCAPIN. – Peut-être.

ARGANTE, *se croyant seul.* – Tous leurs discours seront inutiles.

SCAPIN. – Nous allons voir.

ARGANTE, *se croyant seul.* – Ils ne m'en donneront point à garder[2].

SCAPIN. – Ne jurons de rien.

ARGANTE, *se croyant seul.* – Je saurai mettre mon pendard de fils en lieu de sûreté[3].

1. **Témérité** : audace.
2. **Ils ne m'en donneront point à garder** : ils ne vont pas me raconter des histoires.
3. **En lieu de sûreté** : jeu de mots sur le double sens du mot *sûreté,* à la fois « abri » et « prison ». Les pères pouvaient faire mettre leurs enfants en prison.

Argante, tout à sa fureur, parle sans voir Scapin. Les répliques de Scapin jusqu'à la ligne 302 sont en aparté.

SCAPIN. – Nous y pourvoirons.

ARGANTE, *se croyant seul.* – Et pour le coquin de Sylvestre, je le rouerai de coups.

SYLVESTRE, *à Scapin.* – J'étais bien étonné s'il m'oubliait.

ARGANTE, *apercevant Sylvestre.* – Ah ! ah ! vous voilà donc, sage gouverneur de famille, beau directeur de jeunes gens.

SCAPIN. – Monsieur, je suis ravi de vous voir de retour.

ARGANTE. – Bonjour, Scapin. *(À Sylvestre.)* Vous avez suivi mes ordres vraiment d'une belle manière, et mon fils s'est comporté fort sagement pendant mon absence !

SCAPIN. – Vous vous portez bien, à ce que je vois ➲ ?

ARGANTE. – Assez bien. *(À Sylvestre.)* Tu ne dis mot, coquin, tu ne dis mot.

SCAPIN. – Votre voyage a-t-il été bon ?

ARGANTE. – Mon Dieu ! fort bien. Laisse-moi un peu quereller en repos.

SCAPIN. – Vous voulez quereller ?

ARGANTE. – Oui, je veux quereller.

SCAPIN. – Et qui, Monsieur ?

ARGANTE, *montrant Sylvestre.* – Ce maraud-là[1].

SCAPIN. – Pourquoi ?

ARGANTE. – Tu n'as pas ouï parler de ce qui s'est passé dans mon absence ?

SCAPIN. – J'ai bien ouï parler de quelque petite chose.

ARGANTE. – Comment quelque petite chose ! Une action de cette nature ?

SCAPIN. – Vous avez quelque raison.

ARGANTE. – Une hardiesse pareille à celle-là ?

---

1. **Ce maraud-là** : cette canaille-là, ce voyou-là.

➲ **Argante parle à Sylvestre. Scapin s'interpose pour diriger l'échange.**

SCAPIN. – Cela est vrai.

ARGANTE. – Un fils qui se marie sans le consentement de son père ?

SCAPIN. – Oui, il y a quelque chose à dire à cela[1]. Mais je serais d'avis que vous ne fissiez point de bruit.

ARGANTE. – Je ne suis pas de cet avis, moi, et je veux faire du bruit, tout mon soûl[2]. Quoi ? tu ne trouves pas que j'aie tous les sujets du monde d'être en colère ?

SCAPIN. – Si fait. J'y ai d'abord été[3], moi, lorsque j'ai su la chose, et je me suis intéressé pour vous[4] jusqu'à quereller votre fils. Demandez-lui un peu quelles belles réprimandes je lui ai faites, et comme je l'ai chapitré[5] sur le peu de respect qu'il gardait à un père dont il devrait baiser les pas ? On ne peut pas lui mieux parler, quand ce serait vous-même. Mais quoi ? je me suis rendu à la raison, et j'ai considéré que, dans le fond, il n'a pas tant de tort qu'on pourrait croire.

ARGANTE. – Que me viens-tu conter ? Il n'a pas tant de tort de s'aller marier de but en blanc[6] avec une inconnue ?

SCAPIN. – Que voulez-vous ? Il y a été poussé par sa destinée.

ARGANTE. – Ah ! ah ! voici une raison la plus belle du monde. On n'a plus qu'à commettre tous les crimes imaginables, tromper, voler, assassiner, et dire pour excuse qu'on y a été poussé par sa destinée.

SCAPIN. – Mon Dieu ! vous prenez mes paroles trop en philosophe. Je veux dire qu'il s'est trouvé fatalement engagé dans cette affaire.

---

1. **À cela** : contre cela.
2. **Tout mon soûl** : autant que je veux.
3. **J'y ai d'abord été** : j'ai d'abord été en colère.
4. **Je me suis intéressé pour vous** : j'ai pris votre parti.
5. **Chapitré** : disputé.
6. **De but en blanc** : de manière aussi soudaine.

ARGANTE. – Et pourquoi s'y engageait-il ?

SCAPIN. – Voulez-vous qu'il soit aussi sage que vous ? Les jeunes gens sont jeunes, et n'ont pas toute la prudence qu'il leur faudrait pour ne rien faire que de raisonnable : témoin notre Léandre, qui, malgré toutes mes leçons, malgré toutes mes remontrances, est allé faire de son côté pis encore que votre fils. Je voudrais bien savoir si vous-même n'avez pas été jeune, et n'avez pas, dans votre temps, fait des fredaines[1] comme les autres. J'ai ouï dire, moi, que vous avez été autrefois un compagnon parmi les femmes[2], que vous faisiez de votre drôle avec les plus galantes de ce temps-là, et que vous n'en approchiez point que vous ne poussassiez à bout[3].

ARGANTE. – Cela est vrai, j'en demeure d'accord ; mais je m'en suis toujours tenu à la galanterie[4], et je n'ai point été jusqu'à faire ce qu'il a fait.

SCAPIN. – Que vouliez-vous qu'il fît ? Il voit une jeune personne qui lui veut du bien (car il tient cela de vous, d'être aimé de toutes les femmes). Il la trouve charmante. Il lui rend des visites, lui conte des douceurs, soupire galamment, fait le passionné. Elle se rend à sa poursuite[5]. Il pousse sa fortune[6]. Le voilà surpris avec elle par ses parents, qui, la force[7] à la main, le contraignent de l'épouser ➔.

1. **Fredaines** : bêtises.
2. **Un compagnon parmi les femmes** : un séducteur.
3. **Ne poussassiez à bout** : n'arriviez à vos fins (2e personne du pluriel du subjonctif imparfait du verbe *pousser*).
4. **À la galanterie** : à la séduction.
5. **Elle se rend à sa poursuite** : elle accepte ses avances.
6. **Il pousse sa fortune** : il profite de la situation.
7. **La force** : ici, une arme.

➔ **Scapin est habile : il présente l'aventure d'Octave de manière à lui ôter toute responsabilité. Puisqu'il a été obligé de se marier, son père ne peut lui en tenir rigueur. Le valet glisse, au passage, une flatterie à Argante sur son succès auprès des femmes, pour le mettre dans de bonnes dispositions.**

SYLVESTRE, *à part*. – L'habile fourbe que voilà !

SCAPIN. – Eussiez-vous voulu qu'il se fût laissé tuer ? Il vaut mieux encore être marié qu'être mort.

ARGANTE. – On ne m'a pas dit que l'affaire se soit ainsi passée.

SCAPIN, *montrant Sylvestre*. – Demandez-lui plutôt : il ne vous dira pas le contraire.

ARGANTE, *à Sylvestre*. – C'est par force qu'il a été marié ?

SYLVESTRE. – Oui, Monsieur.

SCAPIN. – Voudrais-je vous mentir ?

ARGANTE. – Il devait donc aller tout aussitôt protester de violence[1] chez un notaire.

SCAPIN. – C'est ce qu'il n'a pas voulu faire.

ARGANTE. – Cela m'aurait donné plus de facilité à rompre ce mariage !

SCAPIN. – Rompre ce mariage !

ARGANTE. – Oui.

SCAPIN. – Vous ne le romprez point.

ARGANTE. – Je ne le romprai point ?

SCAPIN. – Non.

ARGANTE. – Quoi ? je n'aurai pas pour moi les droits de père, et la raison[2] de la violence qu'on a faite à mon fils ?

SCAPIN. – C'est une chose dont il ne demeurera pas d'accord.

ARGANTE. – Il n'en demeurera pas d'accord ?

SCAPIN. – Non.

ARGANTE. – Mon fils ?

SCAPIN. – Votre fils. Voulez-vous qu'il confesse qu'il ait été capable de crainte, et que ce soit par force qu'on lui ait fait faire les choses ?

---

1. **Protester de violence** : porter plainte pour.
2. **La raison** : ici, la réparation.

Il n'a garde[1] d'aller avouer cela. Ce serait se faire tort, et se montrer indigne d'un père comme vous.

ARGANTE. – Je me moque de cela.

SCAPIN. – Il faut, pour son honneur, et pour le vôtre, qu'il dise dans le monde que c'est de bon gré qu'il l'a épousée.

ARGANTE. – Et je veux, moi, pour mon honneur et pour le sien, qu'il dise le contraire.

SCAPIN. – Non, je suis sûr qu'il ne le fera pas.

ARGANTE. – Je l'y forcerai bien.

SCAPIN. – Il ne le fera pas, vous dis-je.

ARGANTE. – Il le fera, ou je le déshériterai.

SCAPIN. – Vous ?

ARGANTE. – Moi.

SCAPIN. – Bon.

ARGANTE. – Comment, bon !

SCAPIN. – Vous ne le déshériterez point.

ARGANTE. – Je ne le déshériterai point ?

SCAPIN. – Non.

ARGANTE. – Non ?

SCAPIN. – Non.

ARGANTE. – Hoy[2] ! Voici qui est plaisant : je ne déshériterai point mon fils.

SCAPIN. – Non, vous dis-je.

ARGANTE. – Qui m'en empêchera ?

SCAPIN. – Vous-même.

ARGANTE. – Moi ?

SCAPIN. – Oui. Vous n'aurez pas ce cœur-là.

ARGANTE. – Je l'aurai.

---

1. **Il n'a garde** : il évite.
2. **Hoy** : ouais.

SCAPIN. – Vous vous moquez.

ARGANTE. – Je ne me moque point.

SCAPIN. – La tendresse paternelle fera son office[1].

ARGANTE. – Elle ne fera rien.

SCAPIN. – Oui, oui.

ARGANTE. – Je vous dis que cela sera.

SCAPIN. – Bagatelles[2] !

ARGANTE. – Il ne faut point dire bagatelles ➲.

SCAPIN. – Mon Dieu ! je vous connais, vous êtes bon naturellement.

ARGANTE. – Je ne suis point bon, et je suis méchant quand je veux. Finissons ce discours qui m'échauffe la bile[3]. *(En s'adressant à Sylvestre)*. Va-t'en, pendard, va-t'en me chercher mon fripon tandis que j'irai rejoindre le seigneur Géronte, pour lui conter ma disgrâce.

SCAPIN. – Monsieur, si je vous puis être utile en quelque chose, vous n'avez qu'à me commander.

ARGANTE. – Je vous remercie. *(À part.)* Ah ! pourquoi faut-il qu'il soit fils unique ! et que n'ai-je à cette heure la fille que le Ciel m'a ôtée, pour la faire mon héritière !

1. **Fera son office** : jouera son rôle.
2. **Bagatelles** : sornettes.
3. **Qui m'échauffe la bile** : qui me fait enrager.

➲ **Les personnages se répondent par des répliques très courtes, n'excédant pas un vers, ce qui produit un effet de rapidité. On appelle cette partie de dialogue une stichomythie.**

Acte I, scène 4 • « Voilà l'affaire en bon train »

As-tu bien lu ?

1 Quels arguments Scapin utilise-t-il pour calmer Argante ?

☒ Comme Argante autrefois, Octave a du succès auprès des femmes.
☐ Les parents de Hyacinte l'ont contraint à épouser leur fille.
☐ Son amour pour Hyacinte ne durera pas.
☐ Vous êtes un bon père et n'aurez pas le cœur de le déshériter.

2 Retrouve un passage où Scapin est le metteur en scène. Cette fois-ci, qui est l'acteur et qui va-t-il incarner ? l'acteur : octave
il incarne argante

3 À qui Scapin s'adresse-t-il dans ses apartés (l. 282-302) ?

☐ à Argante
☐ à lui-même
☒ à lui-même, à Sylvestre et, indirectement, aux spectateurs

Atelier théâtre

Les apartés de Scapin

▸ ***Objectif.*** Jouer le début de la scène 4 (l. 284-304) ; comprendre ce qu'est un aparté, ses effets comiques.

▸ ***Préparation.*** Former des groupes de deux : un élève incarne Argante, l'autre joue Scapin. Délimiter la « scène » et la « coulisse » (voir lecture active 1, p. 25). On peut jouer en s'aidant de son livre.

▸ ***Mise en jeu.*** Tour à tour, chaque groupe entre en scène : l'élève qui joue Scapin doit avoir une gestuelle établissant une complicité avec le reste de la classe, pour se moquer d'Argante.

▸ ***Réfléchir ensemble.*** Échanger sur l'effet produit par les apartés et la manière de les exprimer.

SCÈNE 5 – SCAPIN, SYLVESTRE

SYLVESTRE. – J'avoue que tu es un grand homme, et voilà l'affaire en bon train[1] ; mais l'argent[2], d'autre part, nous presse pour notre subsistance, et nous avons, de tous côtés, des gens qui aboient après nous.

SCAPIN. – Laisse-moi faire, la machine[3] est trouvée. Je cherche seulement dans ma tête un homme qui nous soit affidé[4], pour jouer un personnage dont j'ai besoin. Attends. Tiens-toi un peu. Enfonce ton bonnet en méchant garçon. Campe-toi sur un pied. Mets la main au côté. Fais les yeux furibonds. Marche un peu en roi de théâtre. Voilà qui est bien. Suis-moi. J'ai des secrets pour déguiser ton visage et ta voix ➲.

SYLVESTRE. – Je te conjure au moins de ne m'aller point brouiller avec la justice.

SCAPIN. – Va, va, nous partagerons les périls en frères ; et trois ans de galère ➲ de plus ou de moins ne sont pas pour arrêter un noble cœur.

1. **Voilà l'affaire en bon train** : voilà l'affaire bien partie.
2. **L'argent** : le besoin d'argent.
3. **La machine** : la ruse.
4. **Affidé** : dévoué.

➲ **De nouveau, Scapin se fait metteur en scène.**

➲ **Sous Louis XIV, les condamnés aux travaux forcés accomplissaient leur peine en ramant sur les galères (bateaux à rames) du roi.**

Le costume de Scapin

Scapin, *gravure extraite des* Œuvres complètes de Molière, *Paris, 1875. Paris, Bibliothèque de l'Arsenal.*

- ▶ Comment la ruse du personnage est-elle exprimée dans cette image ?
- ▶ Quel costume trouves-tu le plus adapté à Scapin ? Celui-ci ou celui de la mise en scène d'Omar Porras (photo n° 2 dans le cahier couleur au centre de ton livre) ?

Acte II

SCÈNE 1 – GÉRONTE, ARGANTE

GÉRONTE. – Oui, sans doute, par le temps qu'il fait, nous aurons ici nos gens[1] aujourd'hui ; et un matelot qui vient de Tarente m'a assuré qu'il avait vu mon homme qui était près de s'embarquer. Mais l'arrivée de ma fille trouvera les choses mal disposées à ce que nous nous proposions[2] ; et ce que vous venez de m'apprendre de votre fils rompt étrangement les mesures[3] que nous avions prises ensemble.

ARGANTE. – Ne vous mettez pas en peine : je vous réponds[4] de renverser tout cet obstacle, et j'y vais travailler de ce pas.

GÉRONTE. – Ma foi ! seigneur Argante, voulez-vous que je vous dise ? l'éducation des enfants est une chose à quoi il faut s'attacher fortement.

ARGANTE. – Sans doute. À quel propos cela ?

GÉRONTE. – À propos de ce que les mauvais déportements[5] des jeunes gens viennent le plus souvent de la mauvaise éducation que leurs pères leur donnent.

ARGANTE. – Cela arrive parfois. Mais que voulez-vous dire par là ?

GÉRONTE. – Ce que je veux dire par là ?

ARGANTE. – Oui.

---

1. **Nos gens** : la famille et les domestiques.
2. **Les choses mal disposées à ce que nous nous proposions** : une situation qui contrarie nos projets.
3. **Rompt [...] les mesures** : fait échouer les projets.
4. **Réponds** : promets.
5. **Les mauvais déportements** : la mauvaise conduite.

GÉRONTE. – Que si vous aviez, en brave père, bien morigéné[1] votre fils, il ne vous aurait pas joué le tour qu'il vous a fait.

ARGANTE. – Fort bien. De sorte donc que vous avez bien morigéné le vôtre ?

GÉRONTE. – Sans doute, et je serais bien fâché qu'il m'eût rien fait approchant de cela.

ARGANTE. – Et si ce fils que vous avez, en brave père, si bien morigéné, avait fait pis encore que le mien ? eh ?

GÉRONTE. – Comment ?

ARGANTE. – Comment ?

GÉRONTE. – Qu'est-ce que cela veut dire ?

ARGANTE. – Cela veut dire, seigneur Géronte, qu'il ne faut pas être si prompt à condamner la conduite des autres ; et que ceux qui veulent gloser[2] doivent bien regarder chez eux s'il n'y a rien qui cloche.

GÉRONTE. – Je n'entends point[3] cette énigme.

ARGANTE. – On vous l'expliquera.

GÉRONTE. – Est-ce que vous auriez ouï dire quelque chose de mon fils ?

ARGANTE. – Cela se peut faire.

GÉRONTE. – Et quoi encore ?

ARGANTE. – Votre Scapin, dans mon dépit[4], ne m'a dit la chose qu'en gros ; et vous pourrez de lui, ou de quelque autre, être instruit du détail. Pour moi, je vais vite consulter un avocat, et aviser des biais[5] que j'ai à prendre. Jusqu'au revoir.

---

1. **Morigéné** : éduqué.
2. **Gloser** : critiquer.
3. **Je n'entends point** : je ne comprends pas.
4. **Mon dépit** : ma colère.
5. **Des biais** : des mesures.

SCÈNE 2 – LÉANDRE, GÉRONTE

GÉRONTE, *seul.* – Que pourrait-ce être que cette affaire-ci ? Pis encore que le sien ? Pour moi, je ne vois pas ce que l'on peut faire de pis ; et je trouve que se marier sans le consentement de son père est une action qui passe tout ce qu'on peut s'imaginer. Ah ! vous voilà !

LÉANDRE, *en courant à lui pour l'embrasser.* – Ah ! mon père, que j'ai de joie de vous voir de retour !

GÉRONTE, *refusant de l'embrasser.* – Doucement. Parlons un peu d'affaire.

LÉANDRE. – Souffrez[1] que je vous embrasse, et que...

GÉRONTE, *le repoussant encore.* – Doucement, vous dis-je.

LÉANDRE. – Quoi ? vous me refusez, mon père, de vous exprimer mon transport[2] par mes embrassements !

GÉRONTE. – Oui ! Nous avons quelque chose à démêler ensemble.

LÉANDRE. – Et quoi ?

GÉRONTE. – Tenez-vous, que je vous voie en face.

LÉANDRE. – Comment ?

GÉRONTE. – Regardez-moi entre deux yeux.

LÉANDRE. – Hé bien ?

GÉRONTE. – Qu'est-ce donc qu'il s'est passé ici ?

LÉANDRE. – Ce qui s'est passé ?

GÉRONTE. – Oui. Qu'avez-vous fait dans mon absence ?

LÉANDRE. – Que voulez-vous, mon père, que j'aie fait ?

GÉRONTE. – Ce n'est pas moi qui veux que vous ayez fait, mais qui demande ce que c'est que vous avez fait.

1. **Souffrez** : permettez.
2. **Mon transport** : ma joie de vous revoir.

LÉANDRE. – Moi, je n'ai fait aucune chose dont vous ayez lieu de vous plaindre.

GÉRONTE. – Aucune chose ?

LÉANDRE. – Non.

GÉRONTE. – Vous êtes bien résolu[1].

LÉANDRE. – C'est que je suis sûr de mon innocence.

GÉRONTE. – Scapin pourtant a dit de vos nouvelles.

LÉANDRE. – Scapin !

GÉRONTE. – Ah ! ah ! ce mot vous fait rougir.

LÉANDRE. – Il vous a dit quelque chose de moi ?

GÉRONTE. – Ce lieu n'est pas tout à fait propre à vider[2] cette affaire, et nous allons l'examiner ailleurs. Qu'on se rende au logis. J'y vais revenir tout à l'heure. Ah ! traître, s'il faut que tu me déshonores, je te renonce pour mon fils[3], et tu peux bien pour jamais[4] te résoudre à fuir de ma présence.

SCÈNE 3 – OCTAVE, SCAPIN, LÉANDRE

LÉANDRE, *seul.* – Me trahir de cette manière ! Un coquin qui doit, par cent raisons, être le premier à cacher les choses que je lui confie, est le premier à les aller découvrir[5] à mon père. Ah ! je jure le Ciel que cette trahison ne demeurera pas impunie.

OCTAVE. – Mon cher Scapin, que ne dois-je point à tes soins ! Que tu es un homme admirable ! et que le Ciel m'est favorable de t'envoyer à mon secours !

1. **Vous êtes bien résolu** : vous êtes bien sûr.
2. **Vider** : éclaircir.
3. **Je te renonce** : je te renie.
4. **Jamais** : ici, toujours.
5. **Aller découvrir** : révéler.

LÉANDRE. – Ah ! ah ! vous voilà. Je suis ravi de vous trouver, Monsieur le coquin.

SCAPIN. – Monsieur, votre serviteur. C'est trop d'honneur que vous me faites.

LÉANDRE, *mettant l'épée à la main.* – Vous faites le méchant plaisant[1]. Ah ! je vous apprendrai...

SCAPIN, *se mettant à genoux.* – Monsieur.

OCTAVE, *se mettant entre eux pour empêcher Léandre de le frapper.* – Ah ! Léandre.

LÉANDRE. – Non, Octave, ne me retenez point, je vous prie.

SCAPIN, *à Léandre.* – Eh ! Monsieur.

OCTAVE, *le retenant.* – De grâce !

LÉANDRE, *voulant frapper Scapin.* – Laissez-moi contenter[2] mon ressentiment.

OCTAVE. – Au nom de l'amitié, Léandre, ne le maltraitez point.

SCAPIN. – Monsieur, que vous ai-je fait ?

LÉANDRE, *voulant le frapper.* – Ce que tu m'as fait, traître !

OCTAVE, *le retenant.* – Eh ! doucement.

LÉANDRE. – Non, Octave, je veux qu'il me confesse lui-même tout à l'heure[3] la perfidie qu'il m'a faite. Oui, coquin, je sais le trait[4] que tu m'as joué, on vient de me l'apprendre ; et tu ne croyais pas peut-être que l'on me dût révéler ce secret ; mais je veux en avoir la confession de ta propre bouche, ou je vais te passer cette épée au travers du corps.

SCAPIN. – Ah ! Monsieur, auriez-vous bien ce cœur-là ?

LÉANDRE. – Parle donc.

SCAPIN. – Je vous ai fait quelque chose, Monsieur ?

---

1. **Méchant plaisant :** personne qui fait des plaisanteries moqueuses, impertinentes.
2. **Contenter :** exprimer.
3. **Tout à l'heure :** tout de suite.
4. **Le trait :** le mauvais tour.

LÉANDRE. – Oui, coquin, et ta conscience ne te dit que trop ce que c'est.

SCAPIN. – Je vous assure que je l'ignore.

LÉANDRE, *s'avançant pour le frapper.* – Tu l'ignores !

OCTAVE, *le retenant.* – Léandre.

SCAPIN. – Hé bien ! Monsieur, puisque vous le voulez, je vous confesse que j'ai bu avec mes amis ce petit quartaut de vin d'Espagne dont on vous fit présent il y a quelques jours ; et que c'est moi qui fis une fente au tonneau, et répandis de l'eau autour, pour faire croire que le vin s'était échappé ➲.

LÉANDRE. – C'est toi, pendard, qui m'as bu mon vin d'Espagne, et qui as été cause que j'ai tant querellé la servante, croyant que c'était elle qui m'avait fait le tour ?

SCAPIN. – Oui, Monsieur, je vous en demande pardon.

LÉANDRE. – Je suis bien aise d'apprendre cela ; mais ce n'est pas l'affaire dont il est question maintenant.

SCAPIN. – Ce n'est pas cela, Monsieur ?

LÉANDRE. – Non : c'est une autre affaire qui me touche bien plus, et je veux que tu me la dises.

SCAPIN. – Monsieur, je ne me souviens pas d'avoir fait autre chose.

LÉANDRE, *voulant le frapper.* – Tu ne veux pas parler ?

SCAPIN. – Eh !

OCTAVE, *le retenant.* – Tout doux.

➲ Bel exemple de quiproquo* : en voulant convaincre Argante que les jeunes gens n'étaient pas raisonnables, Scapin a fait allusion à Léandre qui aurait fait pis qu'Octave. Ce décalage entre ce que Scapin a dit à Argante (et non à Géronte) et la trahison dont l'accuse Léandre explique la scène. Scapin va s'accuser de ce qui lui semble être de véritables fourberies.

SCAPIN. – Oui, Monsieur, il est vrai qu'il y a trois semaines que vous m'envoyâtes porter, le soir, une petite montre à la jeune Égyptienne que vous aimez. Je revins au logis mes habits tout couverts de boue, et le visage plein de sang, et vous dis que j'avais trouvé des voleurs qui m'avaient bien battu, et m'avaient dérobé la montre. C'était moi, Monsieur, qui l'avais retenue[1].

LÉANDRE. – C'est toi qui as retenu ma montre ?

SCAPIN. – Oui, Monsieur, afin de voir quelle heure il est.

LÉANDRE. – Ah ! ah ! j'apprends ici de jolies choses, et j'ai un serviteur fort fidèle, vraiment. Mais ce n'est pas encore cela que je demande.

SCAPIN. – Ce n'est pas cela ?

LÉANDRE. – Non, infâme : c'est autre chose encore que je veux que tu me confesses.

SCAPIN, *à part.* – Peste !

LÉANDRE. – Parle vite, j'ai hâte.

SCAPIN. – Monsieur, voilà tout ce que j'ai fait.

LÉANDRE, *voulant frapper Scapin.* – Voilà tout ?

OCTAVE, *se mettant au-devant.* – Eh !

SCAPIN. – Hé bien ! oui, Monsieur : vous vous souvenez de ce loup-garou ➲, il y a six mois, qui vous donna tant de coups de bâton la nuit, et vous pensa faire rompre le cou[2] dans une cave où vous tombâtes en fuyant.

---

1. **Retenue** : gardée.
2. **Vous pensa faire rompre le cou** : faillit vous faire rompre le cou.

➲ **Au XVIIe siècle, nul ne doute de l'existence des loups-garous dans lesquels on voit la manifestation du diable. Une véritable psychose règne dans les campagnes. Des procès sont organisés et de nombreuses personnes sont exécutées car accusées de se transformer en loup.**

LÉANDRE. – Hé bien !

SCAPIN. – C'était moi, Monsieur, qui faisais le loup-garou.

LÉANDRE. – C'était toi, traître, qui faisais le loup-garou ?

SCAPIN. – Oui, Monsieur, seulement pour vous faire peur, et vous ôter l'envie de nous faire courir, toutes les nuits, comme vous aviez coutume.

LÉANDRE. – Je saurai me souvenir, en temps et lieu, de tout ce que je viens d'apprendre. Mais je veux venir au fait, et que tu me confesses ce que tu as dit à mon père.

SCAPIN. – À votre père ?

LÉANDRE. – Oui, fripon, à mon père.

SCAPIN. – Je ne l'ai pas seulement vu depuis son retour.

LÉANDRE. – Tu ne l'as pas vu ?

SCAPIN. – Non, Monsieur.

LÉANDRE. – Assurément ?

SCAPIN. – Assurément. C'est une chose que je vais vous faire dire par lui-même.

LÉANDRE. – C'est de sa bouche que je le tiens pourtant.

SCAPIN. – Avec votre permission, il n'a pas dit la vérité.

SCÈNE 4 – CARLE, SCAPIN, LÉANDRE, OCTAVE

CARLE. – Monsieur, je vous apporte une nouvelle qui est fâcheuse[1] pour votre amour.

LÉANDRE. – Comment ?

CARLE. – Vos Égyptiens sont sur le point de vous enlever Zerbinette, et elle-même, les larmes aux yeux, m'a chargé de venir

1. **Fâcheuse** : terrible.

promptement vous dire que si, dans deux heures, vous ne songez à leur porter l'argent qu'ils vous ont demandé pour elle, vous l'allez perdre pour jamais ➲.

LÉANDRE. – Dans deux heures ?

CARLE. – Dans deux heures.

LÉANDRE. – Ah ! mon pauvre Scapin, j'implore ton secours !

SCAPIN, *passant devant lui avec un air fier.* – « Ah ! mon pauvre Scapin. » Je suis « mon pauvre Scapin » à cette heure qu'on a besoin de moi.

LÉANDRE. – Va, je te pardonne tout ce que tu viens de me dire, et pis encore, si tu me l'as fait.

SCAPIN. – Non, non, ne me pardonnez rien. Passez-moi votre épée au travers du corps. Je serai ravi que vous me tuiez.

LÉANDRE. – Non. Je te conjure plutôt de me donner la vie, en servant mon amour.

SCAPIN. – Point, point : vous ferez mieux de me tuer.

LÉANDRE. – Tu m'es trop précieux ; et je te prie de vouloir employer pour moi ce génie admirable, qui vient à bout de toute chose.

SCAPIN. – Non, tuez-moi, vous dis-je.

LÉANDRE. – Ah ! de grâce, ne songe plus à tout cela, et pense à me donner le secours que je te demande !

OCTAVE. – Scapin, il faut faire quelque chose pour lui.

SCAPIN. – Le moyen, après une avanie de la sorte[1] ?

---

1. **Une avanie de la sorte** : un affront pareil.

➲ L'enlèvement de Zerbinette est un coup de théâtre, c'est-à-dire un événement inattendu et soudain qui vient bouleverser la situation des personnages. Pour Léandre, qui doit maintenant trouver rapidement une grosse somme d'argent, c'est un obstacle supplémentaire.

LÉANDRE. – Je te conjure d'oublier mon emportement et de me prêter ton adresse[1].

OCTAVE. – Je joins mes prières aux siennes.

SCAPIN. – J'ai cette insulte-là sur le cœur.

OCTAVE. – Il faut quitter ton ressentiment[2].

LÉANDRE. – Voudrais-tu m'abandonner, Scapin, dans la cruelle extrémité[3] où se voit mon amour ?

SCAPIN. – Me venir faire, à l'improviste, un affront comme celui-là !

LÉANDRE. – J'ai tort, je le confesse.

SCAPIN. – Me traiter de coquin, de fripon, de pendard, d'infâme !

LÉANDRE. – J'en ai tous les regrets du monde.

SCAPIN. – Me vouloir passer son épée au travers du corps !

LÉANDRE. – Je t'en demande pardon de tout mon cœur ; et s'il ne tient qu'à me jeter à tes genoux, tu m'y vois, Scapin, pour te conjurer encore une fois de ne me point abandonner.

OCTAVE. – Ah ! ma foi ! Scapin, il se faut rendre à cela.

SCAPIN. – Levez-vous. Une autre fois, ne soyez point si prompt ➔.

LÉANDRE. – Me promets-tu de travailler pour moi ?

SCAPIN. – On y songera.

LÉANDRE. – Mais tu sais que le temps presse.

SCAPIN. – Ne vous mettez pas en peine. Combien est-ce qu'il vous faut ?

LÉANDRE. – Cinq cents écus[4].

SCAPIN. – Et à vous ?

---

1. **De me prêter ton adresse** : de m'aider.
2. **Quitter ton ressentiment** : oublier ta colère.
3. **Cruelle extrémité** : situation difficile.
4. **Cinq cents écus** : l'écu vaut 3 livres. Léandre a besoin de 1 500 livres.

➔ **Renversement de situation : le valet a désormais barre sur le maître. Scapin fait en sorte que Léandre s'excuse plusieurs fois et le supplie à genoux de lui apporter son aide.**

OCTAVE. – Deux cents pistoles[1].

SCAPIN. – Je veux tirer cet argent de vos pères. *(À Octave.)* Pour ce qui est du vôtre, la machine est déjà toute trouvée. *(À Léandre.)* Et quant au vôtre, bien qu'avare au dernier degré, il y faudra moins de façons encore, car vous savez que, pour l'esprit, il n'en a pas, grâces à Dieu ! grande provision et je le livre pour[2] une espèce d'homme à qui l'on fera toujours croire tout ce que l'on voudra. Cela ne vous offense point, il ne tombe entre lui et vous aucun soupçon de ressemblance ; et vous savez assez l'opinion de tout le monde, qui veut qu'il ne soit votre père que pour la forme.

LÉANDRE. – Tout beau, Scapin.

SCAPIN. – Bon, bon, on fait bien scrupule de cela : vous moquez-vous ? Mais j'aperçois venir le père d'Octave. Commençons par lui, puisqu'il se présente. Allez-vous-en tous deux. *(À Octave.)* Et vous, avertissez votre Sylvestre de venir vite jouer son rôle ➲.

1. **Deux cents pistoles** : la pistole vaut 10 livres. Octave a besoin de 2 000 livres. Le salaire annuel de Scapin comme valet doit être de 100 livres. Les sommes évoquées sont donc très importantes.
2. **Je le livre pour** : je le considère comme.

➲ **Dans l'acte I, scène 5, on a assisté à la répétition de cette mise en scène de Scapin, avec Sylvestre dans le rôle principal.**

Acte II, scènes 1 à 4 • De nouvelles péripéties

As-tu bien lu ?

1 Il y a un renversement de situation dans la scène 1. Complète avec les numéros des lignes.
- Géronte fait la leçon à Argante : lignes 1 à [redacted] 23
- Argante fait la leçon à Géronte : lignes [redacted] à [redacted] 24 65

2 Pourquoi Léandre rougit-il quand son père le questionne (scène 2) ?
- ☐ Il est très timide.
- ☒ Il cache ses véritables projets à son père et craint d'être démasqué.

3 Pourquoi Léandre veut-il frapper Scapin (scène 3) ? parce qu'il croit qu'il a dit à son père qu'il

4 Quelles fourberies Scapin avoue-t-il avoir commises ? (scène 3, l. 124-164) bu un tonneau de vin, vol de montre (loup-garou ligne 189)

5 **a.** Que se passe-t-il pour Zerbinette ? (scène 4)
- ☐ Elle est perdue.
- ☐ Elle s'est enfuie.
- ☒ Elle va être enlevée.

b. En quoi cette nouvelle modifie-t-elle le comportement de Léandre à l'égard de Scapin ? il le supplie de l'aider

Atelier théâtre

Une dispute en « grommelot[1] »

► ***Objectif.*** Jouer la scène 2 de l'acte II, en remplaçant le texte par du grommelot ; faire percevoir le sens par les intonations et les gestes.

► ***Préparation.*** Commencer par relire l'extrait pour bien caractériser les intentions des deux personnages (colère pour Géronte ; affection, surprise, interrogation pour Léandre). Faire un essai de grommelot.

► ***Mise en jeu.*** Passer sur scène, tour à tour, deux par deux, en remplaçant les répliques de Géronte et de Léandre par du grommelot.

► ***Réfléchir ensemble.*** Se demander comment le sens de la scène passe dans les intonations et les gestes.

1. **Grommelot** : l'acteur *grommelle* le texte sans prononcer les vrais mots.

SCÈNE 5 – ARGANTE, SCAPIN

SCAPIN, *à part.* – Le voilà qui rumine.

ARGANTE, *se croyant seul.* – Avoir si peu de conduite et de considération[1] ! S'aller jeter dans un engagement comme celui-là ! Ah, ah ! jeunesse impertinente[2] !

SCAPIN. – Monsieur, votre serviteur.

ARGANTE. – Bonjour, Scapin.

SCAPIN. – Vous rêvez[3] à l'affaire de votre fils.

ARGANTE. – Je t'avoue que cela me donne un furieux chagrin.

SCAPIN. – Monsieur, la vie est mêlée de traverses[4]. Il est bon de s'y tenir sans cesse préparé ; et j'ai ouï dire, il y a longtemps, une parole d'un ancien[5] que j'ai toujours retenue.

ARGANTE. – Quoi ?

SCAPIN. – Que pour peu qu'un père de famille ait été absent de chez lui, il doit promener son esprit sur tous les fâcheux accidents que son retour peut rencontrer : se figurer sa maison brûlée, son argent dérobé, sa femme morte, son fils estropié, sa fille subornée[6] ; et ce qu'il trouve qui ne lui est point arrivé, l'imputer à bonne fortune. Pour moi, j'ai pratiqué toujours cette leçon dans ma petite philosophie ; et je ne suis jamais revenu au logis que je ne me sois tenu prêt à la colère de mes maîtres, aux réprimandes, aux injures, aux coups de pied au cul, aux

---

1. **Considération** : prudence.
2. **Impertinente** : qui agit sans réfléchir.
3. **Rêvez** : pensez.
4. **De traverses** : d'embûches.
5. **Un ancien** : un auteur ancien, un auteur de l'Antiquité. Ici, Scapin fait référence au *Phormio* de Térence.
6. **Subornée** : déshonorée.

bastonnades, aux étrivières[1] ; et ce qui a manqué à m'arriver, j'en ai rendu grâces à mon bon destin ➲.

ARGANTE. – Voilà qui est bien. Mais ce mariage impertinent qui trouble celui que nous voulons faire est une chose que je ne puis souffrir, et je viens de consulter des avocats pour le faire casser[2].

SCAPIN. – Ma foi ! Monsieur, si vous m'en croyez, vous tâcherez, par quelque autre voie, d'accommoder[3] l'affaire. Vous savez ce que c'est que les procès en ce pays-ci, et vous allez vous enfoncer dans d'étranges épines[4].

ARGANTE. – Tu as raison, je le vois bien. Mais quelle autre voie ?

SCAPIN. – Je pense que j'en ai trouvé une. La compassion que m'a donnée tantôt votre chagrin m'a obligé à chercher dans ma tête quelque moyen pour vous tirer d'inquiétude ; car je ne saurais voir d'honnêtes pères chagrinés par leurs enfants, que cela ne m'émeuve ; et, de tout temps, je me suis senti pour votre personne une inclination particulière.

ARGANTE. – Je te suis obligé[5].

SCAPIN. – J'ai donc été trouver le frère de cette fille qui a été épousée. C'est un de ces braves de profession[6], de ces gens qui sont tout coups d'épée, qui ne parlent que d'échiner[7], et ne font non plus de conscience de tuer un homme que d'avaler un verre

1. **Étrivières** : les courroies de cuir qui attachent les *étriers* étaient utilisées comme fouet.
2. **Faire casser** : annuler par décision de justice.
3. **Accommoder** : arranger.
4. **Étranges épines** : difficultés.
5. **Obligé** : ici, reconnaissant.
6. **Un de ces braves de profession** : un tueur à gages.
7. **Échiner** : frapper, tuer.

➲ **Scapin profite de sa petite leçon de philosophie pour dénoncer les mauvais traitements dont les maîtres ont pu se rendre coupables à son égard.**

de vin[1]. Je l'ai mis sur ce mariage, lui ai fait voir quelle facilité offrait la raison de la violence[2], pour le faire casser, vos prérogatives du nom de père[3], et l'appui que vous donneraient auprès de la justice et votre droit, et votre argent, et vos amis. Enfin je l'ai tant tourné de tous les côtés qu'il a prêté l'oreille aux propositions que je lui ai faites d'ajuster[4] l'affaire pour quelque somme ; et il donnera son consentement à rompre le mariage, pourvu que vous lui donniez de l'argent.

ARGANTE. – Et qu'a-t-il demandé ?

SCAPIN. – Oh ! d'abord, des choses par-dessus les maisons.

ARGANTE. – Et quoi ?

SCAPIN. – Des choses extravagantes.

ARGANTE. – Mais encore ?

SCAPIN. – Il ne parlait pas moins que de cinq ou six cents pistoles.

ARGANTE. – Cinq ou six cents fièvres quartaines qui le puissent serrer[5] ! Se moque-t-il des gens ?

SCAPIN. – C'est ce que je lui ai dit. J'ai rejeté bien loin de pareilles propositions, et je lui ai bien fait entendre que vous n'étiez point une dupe, pour vous demander des cinq ou six cents pistoles. Enfin, après plusieurs discours, voici où s'est réduit le résultat de notre conférence. « Nous voilà au temps, m'a-t-il dit, que je

1. **Et ne font non plus de conscience de tuer un homme [...] un verre de vin** : et ne lui causent pas plus de tourments de tuer un homme [...] verre de vin.
2. **Quelle facilité offrait la raison de la violence** : avec quelle facilité on pouvait faire annuler le mariage en invoquant la violence faite à votre fils.
3. **Vos prérogatives du nom de père** : vos droits en tant que père.
4. **Ajuster** : arranger.
5. **Fièvres quartaines qui le puissent serrer** : qu'il meure étouffé par des fièvres.

Scapin et Argante
« Se moque-t-il des gens ! » dit le vieil avare Argante à Scapin, acte II, scène 5. Illustration d'Horace Castelli, 1866.

- ▶ Quel sentiment l'expression d'Argante traduit-elle ?
- ▶ Compare le costume du maître et du valet. Que peux-tu en conclure ?

dois partir pour l'armée. Je suis après à m'équiper[1], et le besoin que j'ai de quelque argent me fait consentir, malgré moi, à ce qu'on me propose. Il me faut un cheval de service, et je n'en saurais avoir un qui soit tant soit peu raisonnable[2] à moins de soixante pistoles[3]. »

ARGANTE. – Hé bien ! pour soixante pistoles, je les donne.

SCAPIN. – « Il faudra le harnais et les pistolets ; et cela ira bien à vingt pistoles encore. »

ARGANTE. – Vingt pistoles, et soixante, ce serait quatre-vingts.

SCAPIN. – Justement.

ARGANTE. – C'est beaucoup ; mais soit, je consens à cela.

SCAPIN. – « Il me faut aussi un cheval pour monter mon valet, qui coûtera bien trente pistoles. »

ARGANTE. – Comment, diantre ! Qu'il se promène ! il n'aura rien du tout !

SCAPIN. – Monsieur.

ARGANTE. – Non, c'est un impertinent.

SCAPIN. – Voulez-vous que son valet aille à pied ?

ARGANTE. – Qu'il aille comme il lui plaira, et le maître aussi.

SCAPIN. – Mon Dieu ! Monsieur, ne vous arrêtez point à peu de chose. N'allez point plaider[4], je vous prie, et donnez tout pour vous sauver des mains de la justice.

ARGANTE. – Hé bien ! soit, je me résous à donner encore ces trente pistoles.

SCAPIN. – « Il me faut encore, a-t-il dit, un mulet pour porter... »

---

1. **Après à m'équiper** : ici, en train de m'équiper.
2. **Raisonnable** : correct.
3. **Nous voilà [...] pistoles** : les soldats étaient souvent des mercenaires et devaient s'équiper eux-mêmes.
4. **Plaider** : ici, discuter.

ARGANTE. – Oh ! qu'il aille au diable avec son mulet ! C'en est trop, et nous irons devant les juges.

SCAPIN. – De grâce, Monsieur...

ARGANTE. – Non, je n'en ferai rien.

SCAPIN. – Monsieur, un petit mulet.

ARGANTE. – Je ne lui donnerais pas seulement un âne.

SCAPIN. – Considérez...

ARGANTE. – Non ! j'aime mieux plaider[1].

SCAPIN. – Eh ! Monsieur, de quoi parlez-vous là, et à quoi vous résolvez-vous ? Jetez les yeux sur les détours[2] de la justice ; voyez combien d'appels et de degrés de juridiction, combien de procédures embarrassantes, combien d'animaux ravissants par les griffes desquels il vous faudra passer : sergents, procureurs, avocats, greffiers, substituts, rapporteurs, juges, et leurs clercs.[3] Il n'y a pas un de tous ces gens-là qui, pour la moindre chose, ne soit capable de donner un soufflet[4] au meilleur droit du monde. Un sergent baillera de faux exploits[5], sur quoi vous serez condamné sans que vous le sachiez. Votre procureur s'entendra avec votre partie[6], et vous vendra à beaux deniers comptants[7]. Votre avocat, gagné de même, ne se trouvera point lorsqu'on plaidera votre cause, ou dira des raisons qui ne feront que battre la campagne[8], et n'iront point au fait. Le greffier délivrera par

1. **Plaider** : ici, contester le mariage devant une cour de justice.
2. **Les détours** : les difficultés.
3. **Combien d'animaux [...] leurs clercs** : Scapin cite les métiers de la justice et compare ceux qui les exercent à des rapaces.
4. **Donner un soufflet** : transgresser.
5. **Baillera de faux exploits** : donnera de fausses convocations.
6. **Votre partie** : votre adversaire.
7. **Vous vendra à beaux deniers comptants** : vous trahira pour de l'argent.
8. **Dira des raisons qui ne feront que battre la campagne** : sa plaidoirie sera hors sujet.

contumace[1] des sentences et arrêts contre vous[2]. Le clerc du rapporteur soustraira des pièces[3], ou le rapporteur même ne dira pas ce qu'il a vu. Et quand, par les plus grandes précautions du monde, vous aurez paré[4] tout cela, vous serez ébahi[5] que vos juges auront été sollicités[6] contre vous, ou par des gens dévots[7], ou par des femmes qu'ils aimeront. Eh ! Monsieur, si vous le pouvez, sauvez-vous de cet enfer-là. C'est être damné dès ce monde que d'avoir à plaider ; et la seule pensée d'un procès serait capable de me faire fuir jusqu'aux Indes ➲.

ARGANTE. – À combien est-ce qu'il fait monter le mulet ?

SCAPIN. – Monsieur, pour le mulet, pour son cheval, et celui de son homme, pour le harnais et les pistolets, et pour payer quelque petite chose qu'il doit à son hôtesse, il demande en tout deux cents pistoles.

ARGANTE. – Deux cents pistoles ?

SCAPIN. – Oui.

ARGANTE, *se promenant en colère le long du théâtre.* – Allons, allons, nous plaiderons.

SCAPIN. – Faites réflexion...

---

1. **Par contumace** : en votre absence.
2. **Sentences et arrêts** : décisions et verdicts judiciaires.
3. **Pièces** : documents.
4. **Vous aurez paré** : vous aurez échappé à.
5. **Ébahi** : stupéfait.
6. **Sollicités** : incités à plaider contre vous.
7. **Des gens dévots** : des hommes d'Église.

➲ **Dans cette tirade* contre la justice, Scapin tente de convaincre Argante qu'il vaut mieux payer immédiatement 200 pistoles plutôt que porter l'affaire devant la cour. Il présente d'abord les tracasseries qu'entraînerait un procès obligatoirement long. Il compare ensuite tous les intervenants de la justice à des rapaces qui cherchent à nuire. Il évoque enfin la déloyauté et la cupidité du monde de la justice.**

ARGANTE. – Je plaiderai.

SCAPIN. – Ne vous allez point jeter...

ARGANTE. – Je veux plaider.

SCAPIN.. – Mais, pour plaider, il vous faudra de l'argent : il vous en faudra pour l'exploit[1] ; il vous en faudra pour le contrôle ; il vous en faudra pour la procuration, pour la présentation, conseils, productions, et journées du procureur ; il vous en faudra pour les consultations et plaidoiries des avocats, pour le droit de retirer le sac[2], et pour les grosses d'écritures[3] ; il vous en faudra pour le rapport des substituts ; pour les épices de conclusion ; pour l'enregistrement du greffier, façon d'appointement, sentences et arrêts, contrôles, signatures, et expéditions de leurs clercs, sans parler de tous les présents qu'il vous faudra faire[4]. Donnez cet argent-là à cet homme-ci, vous voilà hors d'affaire.

ARGANTE. – Comment, deux cents pistoles ?

SCAPIN. – Oui : vous y gagnerez. J'ai fait un petit calcul en moi-même de tous les frais de la justice ; et j'ai trouvé qu'en donnant deux cents pistoles à votre homme, vous en aurez de reste pour le moins cent cinquante, sans compter les soins, les pas, et les chagrins que vous épargnerez. Quand il n'y aurait à essuyer que les sottises que disent devant tout le monde de méchants plaisants d'avocats, j'aimerais mieux donner trois cents pistoles que de plaider.

---

1. **Exploit** : ici, acte judiciaire (assignation, notification, saisie, etc.) signifié par huissier.
2. **Retirer le sac** : à la fin du procès, il fallait acheter le dossier, dont les pièces étaient contenues dans un sac.
3. **Grosses d'écritures** : copies d'un jugement revêtues de la formule exécutoire, écrites en gros caractères.
4. **Mais, pour plaider [...] qu'il vous faudra faire** : Scapin détaille les différentes étapes d'un procès. Il cite également toutes les pièces que l'on doit faire établir à la fin du procès et toutes les taxes qu'il faut régler.

ARGANTE. – Je me moque de cela, et je défie les avocats de rien dire de moi.

SCAPIN. – Vous ferez ce qu'il vous plaira ; mais si j'étais que de vous, je fuirais les procès.

ARGANTE. – Je ne donnerai point deux cents pistoles.

SCAPIN. – Voici l'homme dont il s'agit.

SCÈNE 6 – SYLVESTRE, ARGANTE, SCAPIN

SYLVESTRE, *déguisé en spadassin*[1]. – Scapin, fais-moi connaître un peu cet Argante qui est père d'Octave.

SCAPIN. – Pourquoi, Monsieur ?

SYLVESTRE. – Je viens d'apprendre qu'il veut me mettre en procès, et faire rompre par justice le mariage de ma sœur.

SCAPIN. – Je ne sais pas s'il a cette pensée ; mais il ne veut point consentir aux deux cents pistoles que vous voulez, et il dit que c'est trop.

SYLVESTRE. – Par la mort ! par la tête ! par le ventre ! si je le trouve, je le veux échiner[2], dussé-je être roué[3] tout vif.

(Argante, pour n'être point vu, se tient en tremblant couvert de Scapin[4]*.)*

SCAPIN. – Monsieur, ce père d'Octave a du cœur[5], et peut-être ne vous craindra-t-il point.

SYLVESTRE. – Lui ? lui ? Par le sang ! par la tête ! s'il était là, je lui donnerais tout à l'heure de l'épée dans le ventre. *(Apercevant Argante.)* Qui est cet homme-là ?

---

1. **Spadassin** : mercenaire, homme d'épée.
2. **Échiner** : battre violemment.
3. **Roué** : torturé, écartelé.
4. **Couvert de Scapin** : caché derrière Scapin.
5. **Cœur** : courage.

La première fourberie de Scapin
Gravure de Louis Lenoir pour Les Fourberies de Scapin, *1671.*
Paris, Bibliothèque nationale.

- Explique l'attitude de chaque personnage.
- Parmi les deux valets, lequel est Sylvestre, lequel est Scapin ? Justifie ta réponse.

SCAPIN. – Ce n'est pas lui, Monsieur, ce n'est pas lui.

SYLVESTRE. – N'est-ce point quelqu'un de ses amis ?

SCAPIN. – Non, Monsieur, au contraire, c'est son ennemi capital[1].

SYLVESTRE. – Son ennemi capital ?

SCAPIN. – Oui.

SYLVESTRE. – Ah, parbleu ! j'en suis ravi. *(À Argante.)* Vous êtes ennemi, Monsieur, de ce faquin[2] d'Argante, eh ?

SCAPIN. – Oui, oui, je vous en réponds.

SYLVESTRE, *secouant la main d'Argante.* – Touchez là, touchez. Je vous donne ma parole, et vous jure sur mon honneur, par l'épée que je porte, par tous les serments que je saurais faire, qu'avant la fin du jour je vous déferai de ce maraud fieffé[3], de ce faquin d'Argante. Reposez-vous sur moi.

SCAPIN. – Monsieur, les violences en ce pays-ci ne sont guère souffertes[4].

SYLVESTRE. – Je me moque de tout et je n'ai rien à perdre.

SCAPIN. – Il se tiendra sur ses gardes assurément ; et il a des parents, des amis, et des domestiques dont il se fera un secours contre votre ressentiment.

SYLVESTRE. – C'est ce que je demande, morbleu ! c'est ce que je demande. *(Il met l'épée à la main, et pousse[5] de tous les côtés, comme s'il y avait plusieurs personnes devant lui.)* Ah, tête ! ah, ventre ! Que ne le trouvé-je à cette heure avec tout son secours ! Que ne paraît-il à mes yeux au milieu de trente personnes ! Que ne les vois-je fondre sur moi les armes à la main ! Comment, marauds, vous avez la hardiesse de vous attaquer à moi ?

---

1. **Son ennemi capital** : son plus grand ennemi.
2. **Faquin** : vaurien.
3. **Maraud fieffé** : sacrée canaille.
4. **Souffertes** : autorisées.
5. **Pousse** : ici, donne des coups d'épée.

Allons, morbleu ! tue, point de quartier. *(Poussant de tous les côtés, comme s'il avait plusieurs personnes à combattre.)* Donnons. Ferme. Poussons. Bon pied, bon œil. Ah ! coquins, ah ! canaille, vous en voulez par là ; je vous en ferai tâter votre soûl. Soutenez[1], marauds, soutenez. Allons. À cette botte[2]. À cette autre. À celle-ci. À celle-là. *(Se tournant du côté d'Argante et de Scapin.)* Comment, vous reculez ? Pied ferme, morbleu ! pied ferme !

SCAPIN. – Eh, eh, eh ! Monsieur, nous n'en sommes pas[3].

SYLVESTRE. – Voilà qui vous apprendra à vous oser jouer de moi[4]. *(Il s'éloigne.)*

SCAPIN. – Hé bien, vous voyez combien de personnes tuées pour deux cents pistoles. Oh sus ! je vous souhaite une bonne fortune[5].

ARGANTE, *tout tremblant.* – Scapin.

SCAPIN. – Plaît-il ?

ARGANTE. – Je me résous à donner les deux cents pistoles.

SCAPIN. – J'en suis ravi, pour l'amour de vous.

ARGANTE. – Allons le trouver, je les ai sur moi.

SCAPIN. – Vous n'avez qu'à me les donner. Il ne faut pas pour votre honneur, que vous paraissiez là, après avoir passé ici pour autre que ce que vous êtes ; et de plus, je craindrais qu'en vous faisant connaître il n'allât s'aviser de vous demander davantage.

ARGANTE. – Oui ; mais j'aurais été bien aise de voir comme[6] je donne mon argent.

SCAPIN. – Est-ce que vous vous défiez de moi ?

ARGANTE. – Non pas ; mais...

---

1. **Soutenez** : battez-vous.
2. **Botte** : technique en escrime.
3. **Nous n'en sommes pas** : nous ne sommes pas vos ennemis.
4. **À vous oser jouer de moi** : à oser vous attaquer à moi.
5. **Bonne fortune** : bonne chance.
6. **Comme** : comment.

SCAPIN. – Parbleu, Monsieur, je suis un fourbe, ou je suis honnête homme : c'est l'un des deux. Est-ce que je voudrais vous tromper, et que dans tout ceci j'ai d'autre intérêt que le vôtre, et celui de mon maître, à qui vous voulez vous allier ? Si je vous suis suspect, je ne me mêle plus de rien, et vous n'avez qu'à chercher, dès cette heure, qui accommodera vos affaires.

ARGANTE. – Tiens donc.

SCAPIN. – Non, Monsieur, ne me confiez point votre argent. Je serai bien aise que vous vous serviez de quelque autre ➲.

ARGANTE. – Mon Dieu ! tiens.

SCAPIN. – Non, vous dis-je, ne vous fiez point à moi. Que sait-on si je ne veux point attraper votre argent ?

ARGANTE. – Tiens, te dis-je, ne me fais point contester davantage. Mais songe à bien prendre tes sûretés[1] avec lui.

SCAPIN. – Laissez-moi faire, il n'a pas affaire à un sot.

ARGANTE. – Je vais t'attendre chez moi.

SCAPIN. – Je ne manquerai pas d'y aller. *(Seul.)* Et un. Je n'ai qu'à chercher l'autre. Ah ! ma foi, le voici. Il semble que le Ciel, l'un après l'autre, les amène dans mes filets.

1. **Sûretés** : précautions.

➲ **Renversement de situation : Scapin qui était encore à l'instant en train de demander deux cents pistoles à Argante se fait maintenant prier pour accepter de transmettre cette somme. Scapin joue de cette situation avantageuse.**

→ Voir aussi étape 2, p. 114.

Acte II, scènes 5 et 6 • La première fourberie de Scapin

As-tu bien lu ?

1 Pourquoi Argante est-il en colère au début de la scène 5 ? car il ne sais pas comment régler son problème

2 Quelle somme Scapin demande-t-il à Argante ? Comment justifie-t-il cette somme ? 200 pistoles, pour un cheval, un mulet, un filet...

3 Quels arguments Scapin emploie-t-il dans la scène 5 pour convaincre Argante de renoncer à plaider ? Sa lui coutera plus cher que de payer

4 **a.** Qui est déguisé dans la scène 6 ?
b. Qui prétend-il être ?
Sylvestre est déguiser en spadassin

Atelier théâtre

Comique de gestes et comique de répétition (sc. 5, l. 318-342)

▶ ***Objectifs.*** Jouer une scène de farce, comprendre les effets comiques des gestes et des répétitions.

▶ ***Préparation.*** On commence par identifier dans le passage les moments où Argante se résigne, puis ceux où il se rebelle. Ensuite, par groupes de deux, les élèves associent des gestes comiques à chacune des deux attitudes d'Argante.

▶ ***Mise en jeu.*** Les élèves par groupes de deux entrent en scène : l'un lit le passage et l'autre mime les gestes qui correspondent.

▶ ***Réfléchir ensemble.*** Évaluer la portée du comique de gestes et de répétition, ainsi que la précision et l'efficacité des gestes de chacun.

▶ ***Comparer.*** Visionner l'extrait de la mise en scène d'Omar Porras disponible sur notre chaîne You Tube **Théâtre Hatier** et comparer avec le travail fait en classe.

SCÈNE 7 – GÉRONTE, SCAPIN

SCAPIN, *feignant de ne pas voir Géronte.* – Ô Ciel ! ô disgrâce imprévue ! ô misérable père ! Pauvre Géronte, que feras-tu ?

GÉRONTE, *à part.* – Que dit-il là de moi, avec ce visage affligé ?

SCAPIN, *même jeu.* – N'y a-t-il personne qui puisse me dire où est le seigneur Géronte ?

GÉRONTE. – Qu'y a-t-il, Scapin ?

SCAPIN, *courant sur le théâtre, sans vouloir entendre ni voir Géronte.* – Où pourrai-je le rencontrer, pour lui dire cette infortune[1] ?

GÉRONTE, *courant après Scapin.* – Qu'est-ce que c'est donc ?

SCAPIN, *même jeu.* – En vain je cours de tous côtés pour le pouvoir trouver.

GÉRONTE. – Me voici.

SCAPIN, *même jeu.* – Il faut qu'il soit caché en quelque endroit qu'on ne puisse point deviner.

GÉRONTE, *arrêtant Scapin.* – Holà ! es-tu aveugle, que tu ne me vois pas ?

SCAPIN. – Ah ! Monsieur, il n'y a pas moyen de vous rencontrer ➲.

GÉRONTE. – Il y a une heure que je suis devant toi. Qu'est-ce que c'est donc qu'il y a ?

SCAPIN. – Monsieur...

1. **Cette infortune** : ce malheur.

➲ **Dans ce début de scène, le comique vient du fait que le dialogue ne commence qu'à la ligne 511. Scapin crie qu'il apporte des mauvaises nouvelles mais sans dire lesquelles et en faisant semblant de ne pas voir Géronte qui le poursuit en essayant de manifester sa présence. Scapin suscite ainsi la curiosité du public et l'inquiétude de Géronte. Il prépare le succès de la fourberie à venir.**

GÉRONTE. – Quoi ?

SCAPIN. – Monsieur, votre fils...

GÉRONTE. – Hé bien ! mon fils...

SCAPIN. – Est tombé dans une disgrâce la plus étrange du monde.

GÉRONTE. – Et quelle ?

SCAPIN. – Je l'ai trouvé tantôt tout triste, de je ne sais quoi que vous lui avez dit, où vous m'avez mêlé assez mal à propos ; et, cherchant à divertir cette tristesse, nous nous sommes allés promener sur le port. Là, entre autres plusieurs choses, nous avons arrêté nos yeux sur une galère turque assez bien équipée[1]. Un jeune Turc de bonne mine nous a invités d'y entrer, et nous a présenté la main. Nous y avons passé ; il nous a fait mille civilités, nous a donné la collation[2], où nous avons mangé des fruits les plus excellents qui se puissent voir, et bu du vin que nous avons trouvé le meilleur du monde.

GÉRONTE. – Qu'y a-t-il de si affligeant à tout cela ?

SCAPIN. – Attendez, Monsieur, nous y voici. Pendant que nous mangions, il a fait mettre la galère en mer, et, se voyant éloigné du port, il m'a fait mettre dans un esquif[3], et m'envoie vous dire que, si vous ne lui envoyez par moi tout à l'heure cinq cents écus, il va vous emmener votre fils en Alger ➲.

GÉRONTE. – Comment, diantre ! cinq cents écus ?

SCAPIN. – Oui, Monsieur ; et de plus, il ne m'a donné pour cela que deux heures.

---

1. L'Empire ottoman a longtemps été l'un des plus puissants États de la planète. Il s'étendait au XVIIe siècle sur toute l'Anatolie, le haut plateau arménien, les Balkans, le pourtour de la mer Noire, la Syrie, la Palestine, la Mésopotamie, la péninsule arabique et l'Afrique du Nord (à l'exception du Maroc).
2. **Nous a donné la collation** : nous a offert un repas léger.
3. **Esquif** : petit bateau.

➲ **À partir de la fin du XVIe siècle, Alger, qui fait partie de l'Empire ottoman, est le port le plus puissant de la rive sud de la Méditerranée.**

GÉRONTE. – Ah ! le pendard de Turc, m'assassiner de la façon !

SCAPIN. – C'est à vous, Monsieur, d'aviser promptement aux moyens de sauver des fers[1] un fils que vous aimez avec tant de tendresse.

GÉRONTE. – Que diable allait-il faire dans cette galère ➲?

SCAPIN. – Il ne songeait pas à ce qui est arrivé.

GÉRONTE. – Va-t'en, Scapin, va-t'en dire à ce Turc que je vais envoyer la justice après lui.

SCAPIN. – La justice en pleine mer ! Vous moquez-vous des gens ?

GÉRONTE. – Que diable allait-il faire dans cette galère ?

SCAPIN. – Une méchante destinée conduit quelquefois les personnes.

GÉRONTE. – Il faut, Scapin, il faut que tu fasses ici l'action d'un serviteur fidèle.

SCAPIN. – Quoi, Monsieur ?

GÉRONTE. – Que tu ailles dire à ce Turc qu'il me renvoie mon fils, et que tu te mets à sa place jusqu'à ce que j'aie amassé la somme qu'il demande.

SCAPIN. – Eh ! Monsieur, songez-vous à ce que vous dites ? et vous figurez-vous que ce Turc ait si peu de sens, que d'aller recevoir un misérable comme moi à la place de votre fils ?

GÉRONTE. – Que diable allait-il faire dans cette galère ?

SCAPIN. – Il ne devinait pas ce malheur. Songez, Monsieur, qu'il ne m'a donné que deux heures.

GÉRONTE. – Tu dis qu'il demande...

---

1. **Sauver des fers :** Léandre est censé avoir été enlevé pour devenir esclave à Alger.

➲ **Dans cette célèbre réplique, le mot « galère » doit être pris au sens propre, même si aujourd'hui le comique fonctionne parfaitement avec le sens figuré.**

SCAPIN. – Cinq cents écus.

GÉRONTE. – Cinq cents écus ! N'a-t-il point de conscience ?

SCAPIN. – Vraiment oui, de la conscience à un Turc !

GÉRONTE. – Sait-il bien ce que c'est que cinq cents écus ?

SCAPIN. – Oui, Monsieur, il sait que c'est mille cinq cents livres.

GÉRONTE. – Croit-il, le traître, que mille cinq cents livres se trouvent dans le pas d'un cheval ?

SCAPIN. – Ce sont des gens qui n'entendent point de raison.

GÉRONTE. – Mais que diable allait-il faire à cette galère ?

SCAPIN. – Il est vrai ; mais quoi ? on ne prévoyait pas les choses. De grâce, Monsieur, dépêchez.

GÉRONTE. – Tiens, voilà la clef de mon armoire.

SCAPIN. – Bon.

GÉRONTE. – Tu l'ouvriras.

SCAPIN. – Fort bien.

GÉRONTE. – Tu trouveras une grosse clef du côté gauche, qui est celle de mon grenier.

SCAPIN. – Oui.

GÉRONTE. – Tu iras prendre toutes les hardes[1] qui sont dans cette grande manne[2], et tu les vendras aux fripiers[3], pour aller racheter mon fils.

SCAPIN, *en lui rendant la clef.* – Eh ! Monsieur, rêvez-vous ? Je n'aurais pas cent francs de tout ce que vous dites ; et de plus, vous savez le peu de temps qu'on m'a donné.

GÉRONTE. – Mais que diable allait-il faire à cette galère ?

---

1. **Hardes** : vieux vêtements.
2. **Manne** : panier en osier.
3. **Fripiers** : vendeurs de vêtements d'occasion.

Retrouvez sur notre chaîne You Tube **Théâtre Hatier**, la vidéo de cet extrait dans la mise en scène d'Omar Porras.

SCAPIN. – Oh ! que de paroles perdues ! Laissez là cette galère, et songez que le temps presse, et que vous courez risque de perdre votre fils. Hélas ! mon pauvre maître, peut-être que je ne te verrai de ma vie, et qu'à l'heure que je parle, on t'emmène esclave en Alger. Mais le Ciel me sera témoin que j'ai fait pour toi tout ce que j'ai pu ; et que si tu manques à être racheté, il n'en faut accuser que le peu d'amitié[1] d'un père.

GÉRONTE. – Attends, Scapin, je m'en vais quérir cette somme.

SCAPIN. – Dépêchez donc vite, Monsieur, je tremble que l'heure ne sonne.

GÉRONTE. – N'est-ce pas quatre cents écus que tu dis ?

SCAPIN. – Non, cinq cents écus.

GÉRONTE. – Cinq cents écus ?

SCAPIN. – Oui.

GÉRONTE. – Que diable allait-il faire à cette galère ?

SCAPIN. – Vous avez raison, mais hâtez-vous.

GÉRONTE. – N'y avait-il point d'autre promenade ?

SCAPIN. – Cela est vrai. Mais faites promptement.

GÉRONTE. – Ah ! maudite galère !

SCAPIN, *à part.* – Cette galère lui tient au cœur.

GÉRONTE. – Tiens, Scapin, je ne me souvenais pas que je viens justement de recevoir cette somme en or, et je ne croyais pas qu'elle dût m'être si tôt ravie. *(Il lui présente sa bourse, qu'il ne laisse pourtant pas aller ; et, dans ses transports[2], il fait aller son bras de côté et d'autre, et Scapin le sien pour avoir la bourse.)* Tiens. Va-t'en racheter mon fils.

SCAPIN, *tendant la main.* – Oui, Monsieur.

---

1. **D'amitié** : ici, d'amour.
2. **Transports** : mouvements brusques.

GÉRONTE, *retenant la bourse qu'il fait semblant de vouloir donner à Scapin* ➋. – Mais dis à ce Turc que c'est un scélérat.

SCAPIN, *tendant toujours la main.* – Oui.

GÉRONTE, *même jeu.* – Un infâme.

SCAPIN. – Oui.

GÉRONTE, *même jeu.* – Un homme sans foi, un voleur.

SCAPIN. – Laissez-moi faire.

GÉRONTE, *même jeu.* – Qu'il me tire cinq cents écus contre toute sorte de droit.

SCAPIN. – Oui.

GÉRONTE, *même jeu.* – Que je ne les lui donne ni à la mort, ni à la vie.

SCAPIN. – Fort bien.

GÉRONTE. – Et que, si jamais je l'attrape, je saurai me venger de lui.

SCAPIN. – Oui.

GÉRONTE, *remettant sa bourse dans sa poche et s'en allant.* – Va, va vite requérir mon fils.

SCAPIN, *allant après lui.* – Holà ! Monsieur.

GÉRONTE. – Quoi ?

SCAPIN. – Où est donc cet argent ?

GÉRONTE. – Ne te l'ai-je pas donné ?

SCAPIN. – Non vraiment, vous l'avez remis dans votre poche.

GÉRONTE. – Ah ! c'est la douleur qui me trouble l'esprit.

SCAPIN. – Je le vois bien.

GÉRONTE. – Que diable allait-il faire dans cette galère ? Ah ! maudite galère ! traître de Turc à tous les diables !

➋ Il faut noter le geste qui contredit les paroles pour créer un effet comique.

SCAPIN, *seul.* – Il ne peut digérer les cinq cents écus que je lui arrache ; mais il n'est pas quitte envers moi, et je veux qu'il me paye en une autre monnaie l'imposture[1] qu'il m'a faite auprès de son fils.

SCÈNE 8 – OCTAVE, LÉANDRE, SCAPIN

OCTAVE. – Hé bien ! Scapin, as-tu réussi pour moi dans ton entreprise ?

LÉANDRE. – As-tu fait quelque chose pour tirer mon amour de la peine où il est ?

SCAPIN, *à Octave.* – Voilà deux cents pistoles que j'ai tirées de votre père.

OCTAVE. – Ah ! que tu me donnes de joie !

SCAPIN, *à Léandre.* – Pour vous, je n'ai pu faire rien.

LÉANDRE *veut s'en aller.* – Il faut donc que j'aille mourir ; et je n'ai que faire de vivre si Zerbinette m'est ôtée.

SCAPIN. – Holà, holà ! tout doucement. Comme diantre vous allez vite !

LÉANDRE *se retourne.* – Que veux-tu que je devienne ?

SCAPIN. – Allez, j'ai votre affaire ici.

LÉANDRE *revient.* – Ah ! tu me redonnes la vie.

SCAPIN. – Mais à condition que vous me permettrez à moi une petite vengeance contre votre père, pour le tour qu'il m'a fait.

LÉANDRE. – Tout ce que tu voudras.

SCAPIN. – Vous me le promettez devant témoin.

LÉANDRE. – Oui.

SCAPIN. – Tenez, voilà cinq cents écus.

LÉANDRE. – Allons-en promptement acheter celle que j'adore.

---

1. **L'imposture** : la trahison.

LECTURE ACTIVE 6

Acte II, scènes 7 et 8 • La deuxième fourberie de Scapin

As-tu bien lu ?

1 Quelle nouvelle Scapin annonce t-il à Géronte ? Son fils kidnapé

2 Que doit faire Géronte pour sauver son fils ?

3 Pourquoi Géronte hésite t-il ?

☐ Il est méfiant.

☐ Il est avare.

☐ Il n'a pas d'argent.

4 Quelle phrase répète Géronte ? Combien de fois la dit-il ? Pourquoi est-ce comique ?

5 Que fait Scapin, dans la scène 8, de l'argent qu'il parvient à soutirer à Argante et Géronte ?

Atelier théâtre

Les gestes contre la parole
(sc. 7, l. 611-644)

▸ ***Objectif.*** Jouer une scène de farce en opposant bien les gestes et les paroles ; comprendre l'intérêt du jeu scénique dans un passage qui prend tout son sens lorsqu'il est joué.

▸ ***Préparation.*** Les élèves doivent avoir appris chacun l'un des rôles. Commencer par réfléchir sur la contradiction entre gestes et paroles dans le passage.

▸ ***Mise en jeu.*** Les élèves jouent par groupe de deux en s'efforçant de mettre en place les gestes de Géronte, qui contredisent ses affirmations.

▸ ***Réfléchir ensemble.*** Vaut-il mieux réinventer des gestes à chaque réplique ou bien refaire le même geste ? Pourquoi ?

▸ ***Comparer.*** Visionner l'extrait de la mise en scène d'Omar Porras disponible sur notre chaîne You Tube **Théâtre Hatier** et comparer avec le travail fait en classe.

Acte III

SCÈNE 1 – ZERBINETTE, HYACINTE, SCAPIN, SYLVESTRE

SYLVESTRE. – Oui, vos amants ont arrêté[1] entre eux que vous fussiez ensemble ; et nous nous acquittons de l'ordre qu'ils nous ont donné.

HYACINTE, *à Zerbinette.* – Un tel ordre n'a rien qui ne me soit fort agréable. Je reçois avec joie une compagne de la sorte ; et il ne tiendra pas à moi que l'amitié qui est entre les personnes que nous aimons ne se répande entre nous deux.

ZERBINETTE. – J'accepte la proposition, et ne suis point personne à reculer, lorsqu'on m'attaque d'amitié[2].

SCAPIN. – Et lorsque c'est d'amour qu'on vous attaque ?

ZERBINETTE. – Pour l'amour, c'est une autre chose ; on y court un peu plus de risque, et je n'y suis pas si hardie.

SCAPIN. – Vous l'êtes, que je crois, contre mon maître maintenant ; et ce qu'il vient de faire pour vous doit vous donner du cœur pour répondre comme il faut à sa passion.

ZERBINETTE. – Je ne m'y fie encore que de la bonne sorte[3] ; et ce n'est pas assez pour m'assurer[4] entièrement que ce qu'il vient de faire[5]. J'ai l'humeur enjouée, et sans cesse je ris ; mais tout en riant, je suis sérieuse sur de certains chapitres ; et ton maître s'abusera[6], s'il croit qu'il lui suffise de m'avoir achetée pour me

1. **Arrêté** : décidé.
2. **Lorsqu'on m'attaque d'amitié** : lorsqu'on m'offre son amitié.
3. **De la bonne sorte** : en toute honnêteté.
4. **M'assurer** : lui faire confiance.
5. **Ce qu'il vient de faire** : Octave vient de payer sa rançon.
6. **S'abusera** : se trompera.

voir tout à lui. Il doit lui en coûter autre chose que de l'argent ; et pour répondre à son amour de la manière qu'il souhaite, il me faut un don de sa foi qui soit assaisonné de certaines cérémonies[1] qu'on trouve nécessaires.

SCAPIN. – C'est là aussi comme il l'entend. Il ne prétend à vous qu'en tout bien et en tout honneur ; et je n'aurais pas été homme à me mêler de cette affaire, s'il avait une autre pensée.

ZERBINETTE. – C'est ce que je veux croire, puisque vous me le dites ; mais, du côté du père, j'y prévois des empêchements.

SCAPIN. – Nous trouverons moyen d'accommoder[2] les choses.

HYACINTE, *à Zerbinette.* – La ressemblance de nos destins doit contribuer encore à faire naître notre amitié ; et nous nous voyons toutes deux dans les mêmes alarmes, toutes deux exposées à la même infortune.

ZERBINETTE. – Vous avez cet avantage, au moins, que vous savez de qui vous êtes née ; et que l'appui de vos parents, que vous pouvez faire connaître, est capable d'ajuster[3] tout, peut assurer votre bonheur, et faire donner un consentement au mariage qu'on trouve fait. Mais pour moi, je ne rencontre aucun secours dans ce que je puis être, et l'on me voit dans un état qui n'adoucira pas les volontés d'un père qui ne regarde que le bien[4].

HYACINTE. – Mais aussi avez-vous cet avantage, que l'on ne tente point par un autre parti celui que vous aimez.

ZERBINETTE. – Le changement du cœur d'un amant n'est pas ce qu'on peut le plus craindre. On se peut naturellement croire assez de mérite pour garder sa conquête ; et ce que je vois de

---

1. **Certaines cérémonies** : le mariage.
2. **Accommoder** : arranger.
3. **Ajuster** : arranger.
4. **Le bien** : la fortune.

plus redoutable dans ces sortes d'affaires, c'est la puissance paternelle ➲, auprès de qui tout le mérite ne sert de rien.

HYACINTE. – Hélas ! pourquoi faut-il que de justes inclinations se trouvent traversées[1] ? La douce chose que d'aimer, lorsque l'on ne voit point d'obstacle à ces aimables chaînes dont deux cœurs se lient ensemble !

SCAPIN. – Vous vous moquez : la tranquillité en amour est un calme désagréable ; un bonheur tout uni nous devient ennuyeux ; il faut du haut et du bas dans la vie ; et les difficultés qui se mêlent aux choses réveillent les ardeurs, augmentent les plaisirs.

ZERBINETTE. – Mon Dieu, Scapin, fais-nous un peu ce récit, qu'on m'a dit qui est si plaisant, du stratagème dont tu t'es avisé pour tirer de l'argent de ton vieillard avare. Tu sais qu'on ne perd point sa peine lorsqu'on me fait un conte, et que je le paye assez bien par la joie qu'on m'y voit prendre.

SCAPIN. – Voilà Sylvestre qui s'en acquittera aussi bien que moi. J'ai dans la tête certaine petite vengeance, dont je vais goûter le plaisir.

SYLVESTRE. – Pourquoi, de gaieté de cœur, veux-tu chercher à t'attirer de méchantes affaires ?

SCAPIN. – Je me plais à tenter des entreprises hasardeuses.

SYLVESTRE. – Je te l'ai déjà dit, tu quitterais le dessein que tu as, si tu m'en voulais croire.

SCAPIN. – Oui, mais c'est moi que j'en croirai.

1. **Pourquoi faut-il que de justes inclinations se trouvent traversées** : pourquoi faut-il que des sentiments sincères soient découragés par des obstacles.

➲ **À travers les propos de Zerbinette est dénoncée la toute-puissance des pères sur leurs enfants à l'époque de Molière.**

SYLVESTRE. – À quoi diable te vas-tu amuser ?

SCAPIN. – De quoi diable te mets-tu en peine ?

SYLVESTRE. – C'est que je vois que, sans nécessité, tu vas courir risque de t'attirer une venue[1] de coups de bâton.

SCAPIN. – Hé bien ! c'est aux dépens de mon dos, et non pas du tien.

SYLVESTRE. – Il est vrai que tu es maître de tes épaules, et tu en disposeras comme il te plaira.

SCAPIN. – Ces sortes de périls ne m'ont jamais arrêté, et je hais ces cœurs pusillanimes[2] qui, pour trop prévoir les suites des choses, n'osent rien entreprendre.

ZERBINETTE, *à Scapin.* – Nous aurons besoin de tes soins.

SCAPIN. – Allez, je vous irai bientôt rejoindre. Il ne sera pas dit qu'impunément on m'ait mis en état de me trahir moi-même, et de découvrir des secrets qu'il était bon qu'on ne sût pas.

SCÈNE 2 – GÉRONTE, SCAPIN

GÉRONTE. – Hé bien, Scapin, comment va l'affaire de mon fils ?

SCAPIN. – Votre fils, Monsieur, est en lieu de sûreté[3] ; mais vous courez maintenant, vous, le péril le plus grand du monde, et je voudrais pour beaucoup que vous fussiez dans votre logis.

GÉRONTE. – Comment donc ?

SCAPIN. – À l'heure que je parle, on vous cherche de toutes parts pour vous tuer.

GÉRONTE. – Moi ?

---

1. **Une venue** : une volée.
2. **Pusillanimes** : faibles, sans courage.
3. **En lieu de sûreté** : en sécurité.

SCAPIN. – Oui.

GÉRONTE. – Et qui ?

SCAPIN. – Le frère de cette personne qu'Octave a épousée. Il croit que le dessein que vous avez de mettre votre fille à la place que tient sa sœur est ce qui pousse le plus fort à faire rompre leur mariage ; et, dans cette pensée, il a résolu hautement[1] de décharger son désespoir sur vous et vous ôter la vie pour venger son honneur. Tous ses amis, gens d'épée comme lui, vous cherchent de tous les côtés et demandent de vos nouvelles. J'ai vu même deçà et delà des soldats de sa compagnie qui interrogent ceux qu'ils trouvent, et occupent par pelotons toutes les avenues de votre maison[2]. De sorte que vous ne sauriez aller chez vous, vous ne sauriez faire un pas ni à droite ni à gauche, que vous ne tombiez dans leurs mains.

GÉRONTE. – Que ferai-je, mon pauvre Scapin ?

SCAPIN. – Je ne sais pas, Monsieur, et voici une étrange affaire. Je tremble pour vous depuis les pieds jusqu'à la tête, et... Attendez. *(Il se retourne, et fait semblant d'aller voir au bout du théâtre s'il n'y a personne.)*

GÉRONTE, *en tremblant.* – Eh ?

SCAPIN, *en revenant.* – Non, non, non, ce n'est rien.

GÉRONTE. – Ne saurais-tu trouver quelque moyen pour me tirer de peine ?

SCAPIN. – J'en imagine bien un ; mais je courrais risque, moi, de me faire assommer.

GÉRONTE. – Eh ! Scapin, montre-toi serviteur zélé : ne m'abandonne pas, je te prie.

---

1. **Hautement** : à voix haute.
2. **Les avenues de votre maison** : les rues qui mènent à votre maison.

Photo 2 : La scène du sac (acte III, scène 2) vue par Omar Porras.

Les Fourberies de Scapin de Molière par le Teatro Malandro, mise en scène de Omar Porras, 2009.

Photo 3 : Smaïn interprète Scapin dans la scène du sac (acte III, scène 2).

Les Fourberies de Scapin de Molière, mise en scène de Jean-Pierre Vincent, Avignon, Palais des papes, 1990. Ph © Daniel Cande

Photo 4 : La scène du sac (acte III, scène 2) vue par la Comédie française.

Les Fourberies de Scapin de Molière, mise en scène de Jean-Louis Benoit, Comédie française, 1997. Ph © Laurencine Lot

Photo 5 : Le dénouement, tous les personnages sont sur scène (acte III, scène 12).

Les Fourberies de Scapin de Molière, mise en scène de Jean-Louis Benoit, Comédie française, 1997. Ph © Laurencine Lot

SCAPIN. – Je le veux bien. J'ai une tendresse pour vous qui ne saurait souffrir que je vous laisse sans secours.

GÉRONTE. – Tu en seras récompensé, je t'assure ; et je te promets cet habit-ci, quand je l'aurai un peu usé.

SCAPIN. – Attendez. Voici une affaire[1] que je me suis trouvée fort à propos pour vous sauver. Il faut que vous vous mettiez dans ce sac et que...

GÉRONTE, *croyant voir quelqu'un.* – Ah !

SCAPIN. – Non, non, non, non, ce n'est personne. Il faut, dis-je, que vous vous mettiez là-dedans, et que vous vous gardiez de remuer en aucune façon. Je vous chargerai sur mon dos, comme un paquet de quelque chose, et je vous porterai ainsi au travers de vos ennemis, jusque dans votre maison, où quand nous serons une fois, nous pourrons nous barricader, et envoyer quérir main-forte contre la violence.

GÉRONTE. – L'invention est bonne.

SCAPIN. – La meilleure du monde. Vous allez voir. *(À part.)* Tu me paieras l'imposture.

GÉRONTE. – Eh ?

SCAPIN. – Je dis que vos ennemis seront bien attrapés. Mettez-vous bien jusqu'au fond, et surtout prenez garde de ne vous point montrer et de ne branler pas[2], quelque chose qui puisse arriver.

GÉRONTE. – Laisse-moi faire. Je saurai me tenir...

SCAPIN. – Cachez-vous, voici un spadassin, qui vous cherche. *(En contrefaisant sa voix.)* « Quoi ? jé n'aurai pas l'abantage dé

1. **Une affaire** : quelque chose, ici un sac.
2. **Ne branler pas** : ne pas bouger.

tuer cé Géronte[1], et quelqu'un par charité né m'enseignera pas où il est ➲ ? » *(À Géronte avec sa voix ordinaire.)* Ne branlez pas. *(Reprenant son ton contrefait.)* « Cadédis[2], jé lé trouberai, sé cachât-il au centre dé la terre. » *(À Géronte avec son ton naturel.)* Ne vous montrez pas. *(Tout le langage gascon est supposé de celui qu'il contrefait, et le reste de lui.)* « Oh, l'homme au sac. » Monsieur. « Jé té vaille un louis[3], et m'enseigne où put être Géronte. » Vous cherchez le seigneur Géronte ? « Oui, mordi[4] ! Jé lé cherche. » Et pour quelle affaire, Monsieur ? « Pour quelle affaire ? » Oui. « Jé beux, cadédis, lé faire mourir sous les coups de vaton. » Oh ! Monsieur, les coups de bâton ne se donnent point à des gens comme lui, et ce n'est pas un homme à être traité de la sorte. « Qui, cé fat dé Geronte, cé maraut, cé velître[5] ? » Le seigneur Géronte, Monsieur, n'est ni fat, ni maraud, ni belître, et vous devriez, s'il vous plaît, parler d'autre façon. « Comment, tu mé traîtes, à moi, avec cette hauteur ? » Je défends, comme je dois, un homme d'honneur qu'on offense. « Est-ce que tu es des amis dé cé Geronte ? » Oui, Monsieur, j'en suis. « Ah ! cadédis, tu es de ses amis, à la vonne hure[6]. » *(Il donne plusieurs coups de bâton sur le sac.)* « Tiens. Boilà cé que jé té vaille pour lui. » Ah, ah, ah ! ah, Monsieur ! Ah, ah, Monsieur ! tout beau. Ah, doucement, ah, ah, ah ! « Va, porte-lui cela dé ma part. Adiusias. » Ah ! diable soit le Gascon ! Ah ! *(En se plaignant et remuant le dos, comme s'il avait reçu les coups de bâton.)*

1. L'accent gascon consiste ici à remplacer les *v* par des *b* et les *e* par des *é*.
2. **Cadédis** : juron.
3. **Jé té vaille un louis** : je te parie un louis.
4. **Mordi** : juron.
5. **Ce velître** : ce vaurien.
6. **À la vonne hure** : à la bonne heure.

➲ **Les spadassins venaient souvent du Pays basque ou de Gascogne.**

GÉRONTE, *mettant la tête hors du sac.* – Ah ! Scapin, je n'en puis plus !

SCAPIN. – Ah ! Monsieur, je suis tout moulu, et les épaules me font un mal épouvantable.

GÉRONTE. – Comment ? c'est sur les miennes qu'il a frappé.

SCAPIN. – Nenni[1], Monsieur, c'était sur mon dos qu'il frappait.

GÉRONTE. – Que veux-tu dire ? J'ai bien senti les coups, et les sens bien encore.

SCAPIN. – Non, vous dis-je, ce n'est que le bout du bâton qui a été jusque sur vos épaules.

GÉRONTE. – Tu devais donc te retirer un peu plus loin, pour m'épargner...

SCAPIN *lui remet la tête dans le sac.* – Prenez garde. En voici un autre qui a la mine d'un étranger. *(Cet endroit est de même que celui du Gascon, pour le changement de langage, et le jeu de théâtre.*[2]*)* « Parti[3] ! moi courir comme une Basque[4], et moi ne pouvre point troufair de tout le jour sti tiable de Gironte ? » *(À Géronte avec sa voix ordinaire.)* Cachez-vous bien. « Dites-moi un peu fous, Monsir l'homme, s'il ve plaîst, fous savoir point où l'est sti Gironte que moi cherchair ? » Non, Monsieur, je ne sais point où est Géronte. « Dites-moi-le vous frenchemente, moi li fouloir pas grande chose à lui. L'est seulemente pour li donnair un petite régale sur le dos d'une douzaine de coups de bastonne, et de trois ou quatre petites coups d'épée au trafers de son poitrine. » Je vous assure, Monsieur, que je ne sais pas où

1. **Nenni** : non.
2. L'accent basque consiste ici à remplacer les *v* par des *f* et à inventer des mots.
3. **Parti** : pardi.
4. **Moi courir comme une Basque** : les Basques avaient la réputation de courir vite.

il est. « Il me semble que j'y foi remuair quelque chose dans sti sac. » Pardonnez-moi, Monsieur. « Li est assurémente quelque histoire là-tetans. » Point du tout, Monsieur. « Moi l'avoir enfie de tonner ain coup d'épée dans ste sac. » Ah ! Monsieur, gardez-vous-en bien. « Montre-le-moi un peu fous ce que c'estre là. » Tout beau, Monsieur. « Quement ? tout beau ? » Vous n'avez que faire de vouloir voir ce que je porte. « Et moi, je le fouloir foir, moi. » Vous ne le verrez point. « Ahi que de badinemente[1] ! » Ce sont hardes qui m'appartiennent. « Montre-moi fous, te dis-je. » Je n'en ferai rien. « Toi ne faire rien ? » Non. « Moi pailler de ste bastonne dessus les épaules de toi. » Je me moque de cela. « Ah ! toi faire le trôle. » *(Donnant des coups de bâtons sur le sac et criant comme s'il les recevait.)* Ahi, ahi, ahi ; ah, Monsieur, ah, ah, ah, ah. « Jusqu'au refoir. L'être là un petit leçon pour li apprendre à toi à parlair insolentemente ! » Ah ! Peste soit du baragouineux ! Ah !

GÉRONTE, *sortant la tête du sac.* – Ah ! je suis roué.

SCAPIN. – Ah ! je suis mort !

GÉRONTE. – Pourquoi diantre faut-il qu'ils frappent sur mon dos ?

SCAPIN, *lui remettant la tête dans le sac.* – Prenez garde, voici une demi-douzaine de soldats tout ensemble. *(Il contrefait plusieurs personnes ensemble.)* « Allons, tâchons à trouver ce Géronte, cherchons partout. N'épargnons point nos pas. Courons toute la ville. N'oublions aucun lieu. Visitons tout. Furetons[2] de tous les côtés. Par où irons-nous ? Tournons par là. Non, par ici. À gauche. À droite. Nenni. Si fait. » *(À Géronte, avec sa voix ordinaire.* Cachez-vous bien. « Ah ! camarades, voici son valet. Allons, coquin, il faut que tu nous enseignes où est ton maître. » Eh ! Messieurs,

1. **Badinemente** : plaisanteries.
2. **Furetons** : fouillons, fouinons.

La scène des coups de bâton

Gravure de Louis Lenoir pour Les Fourberies de Scapin, *XIXe siècle.*
Paris, Bibliothèque de l'Arsenal.

- Compare cette mise en scène des coups de bâton avec celles présentées dans le cahier couleur au centre de ton livre. Laquelle préfères-tu ? Explique pourquoi.
- Le décor de cette image est-il théâtral ? Pourquoi ?

ne me maltraitez point. « Allons, dis-nous où il est. Parle. Hâte-toi. Expédions. Dépêche vite. Tôt. » Eh ! Messieurs, doucement. *(Géronte met doucement la tête hors du sac et aperçoit la fourberie de Scapin.)* « Si tu ne nous fais trouver ton maître tout à l'heure, nous allons faire pleuvoir sur toi une ondée de coups de bâton. » J'aime mieux souffrir toute chose que de vous découvrir mon maître. « Nous allons t'assommer. » Faites tout ce qu'il vous plaira. « Tu as envie d'être battu. » Je ne trahirai point mon maître. « Ah ! tu en veux tâter ? Voilà... » Oh ! *(Comme il est prêt de frapper, Géronte sort du sac, et Scapin s'enfuit.)*

GÉRONTE. – Ah, infâme ! ah, traître ! ah, scélérat ! C'est ainsi que tu m'assassines.

LECTURE ACTIVE 7

→ Voir aussi étape 3, p. 116.

Acte III, scène 2 • La scène des coups de bâton

As-tu bien lu ?

1 À quoi Géronte fait-il allusion dans l'expression « l'affaire de mon fils » (l. 86) ?
- ☐ au mariage de son fils
- ☒ à l'enlèvement de son fils
- ☐ à une affaire de procès

2 De quel accessoire a-t-on besoin pour jouer la scène 2 ? un baton, un sac chariot

3 Qui reçoit les coups de bâton ? Qui crie ? C'est Géronte qui recoir et c'est scapin qui crie

4 Que se passe t-il lorsque Géronte sort la tête du sac ?
Il se rend compte que scapin se sert de lui.

Atelier théâtre

Les différents personnages joués par Scapin (l. 184-236)

▶ ***Objectifs.*** Faire des instantanés des différents personnages joués par Scapin et comprendre l'intérêt des didascalies pour interpréter un personnage.

▶ ***Préparation.*** Par groupes de deux, les élèves relisent le passage. Ils identifient ensemble les différents personnages incarnés par Scapin et se répartissent les rôles.

▶ ***Mise en jeu.*** Les élèves font une série de photos des différents personnages joués par Scapin en variant les gestes et l'intention : un personnage agressif, un personnage burlesque, un personnage en colère...

▶ ***Réfléchir ensemble.*** Après avoir regardé l'extrait de la mise en scène d'Omar Porras disponible sur notre chaîne You Tube **Théâtre Hatier**, comprend-on mieux le passage ?

SCÈNE 3 – ZERBINETTE, GÉRONTE

ZERBINETTE, *en riant, sans voir Géronte.* – Ah, ah, je veux prendre un peu l'air.

GÉRONTE, *se croyant seul.* – Tu me le paieras, je te jure.

ZERBINETTE, *sans voir Géronte.* – Ah ! ah, ah, ah, la plaisante histoire ! et la bonne dupe que ce vieillard !

GÉRONTE. – Il n'y a rien de plaisant à cela ; et vous n'avez que faire d'en rire.

ZERBINETTE. – Quoi ? Que voulez-vous dire, Monsieur ?

GÉRONTE. – Je veux dire que vous ne devez pas vous moquer de moi.

ZERBINETTE. – De vous ?

GÉRONTE. – Oui.

ZERBINETTE. – Comment ? qui songe à se moquer de vous ?

GÉRONTE. – Pourquoi venez-vous ici me rire au nez ?

ZERBINETTE. – Cela ne vous regarde point, et je ris toute seule d'un conte qu'on vient de me faire, le plus plaisant qu'on puisse entendre. Je ne sais pas si c'est parce que je suis intéressée dans la chose ; mais je n'ai jamais trouvé rien de si drôle qu'un tour qui vient d'être joué par un fils à son père, pour en attraper de l'argent.

GÉRONTE. – Par un fils à son père, pour en attraper de l'argent ?

ZERBINETTE. – Oui. Pour peu que vous me pressiez, vous me trouverez assez disposée à vous dire l'affaire, et j'ai une démangeaison[1] naturelle à faire part des contes que je sais ➊.

1. **Démangeaison** : désir violent.

➊ **Scène de quiproquo*** car Zerbinette ne sait pas à qui elle parle.

GÉRONTE. – Je vous prie de me dire cette histoire.

ZERBINETTE. – Je le veux bien. Je ne risquerai pas grand-chose à vous la dire, et c'est une aventure qui n'est pas pour être longtemps secrète. La destinée a voulu que je me trouvasse parmi une bande de ces personnes qu'on appelle Égyptiens, et qui, rôdant de province en province, se mêlent de dire la bonne fortune[1], et quelquefois de beaucoup d'autres choses. En arrivant dans cette ville, un jeune homme me vit, et conçut pour moi de l'amour. Dès ce moment, il s'attache à mes pas, et le voilà d'abord comme tous les jeunes gens, qui croient qu'il n'y a qu'à parler, et qu'au moindre mot qu'ils nous disent, leurs affaires sont faites ; mais il trouva une fierté qui lui fit un peu corriger ses premières pensées. Il fit connaître sa passion aux gens qui me tenaient, et il les trouva disposés à me laisser à lui moyennant quelque somme. Mais le mal de l'affaire était que mon amant se trouvait dans l'état où l'on voit très souvent la plupart des fils de famille, c'est-à-dire qu'il était un peu dénué d'argent ; et il a un père qui, quoique riche, est un avaricieux fieffé, le plus vilain homme du monde. Attendez. Ne me saurais-je souvenir de son nom ? Haye ! Aidez-moi un peu. Ne pouvez-vous me nommer quelqu'un de cette ville qui soit connu pour être avare au dernier point ?

GÉRONTE. – Non.

ZERBINETTE. – Il y a à son nom du ron... ronte. Or... Oronte. Non. Gé... Géronte ; oui, Géronte justement ; voilà mon vilain, je l'ai trouvé, c'est ce ladre[2]-là que je dis. Pour venir à notre conte, nos gens ont voulu aujourd'hui partir de cette ville ; et mon amant

---

1. **Dire la bonne fortune** : dire la bonne aventure, prédire l'avenir, ce que font les Égyptiens pour gagner leur vie.
2. **Ladre** : avare, grigou.

m'allait perdre faute d'argent, si, pour en tirer de son père, il n'avait trouvé du secours dans l'industrie[1] d'un serviteur qu'il a. Pour le nom du serviteur, je le sais à merveille : il s'appelle Scapin ; c'est un homme incomparable, et il mérite toutes les louanges qu'on peut donner.

GÉRONTE, *à part.* – Ah ! coquin que tu es !

ZERBINETTE. – Voici le stratagème dont il s'est servi pour attraper sa dupe[2]. Ah, ah, ah, ah. Je ne saurais m'en souvenir, que je ne rie de tout mon cœur. Ah, ah, ah. Il est allé trouver ce chien d'avare, ah, ah, ah ; et lui a dit qu'en se promenant sur le port avec son fils, hi, hi, ils avaient vu une galère turque où on les avait invités d'entrer ; qu'un jeune Turc leur y avait donné la collation, ah ; que, tandis qu'ils mangeaient, on avait mis la galère en mer ; et que le Turc l'avait renvoyé, lui seul, à terre dans un esquif, avec ordre de dire au père de son maître qu'il emmenait son fils en Alger, s'il ne lui envoyait tout à l'heure cinq cents écus. Ah, ah, ah. Voilà mon ladre, mon vilain dans de furieuses angoisses et la tendresse qu'il a pour son fils fait un combat étrange avec son avarice. Cinq cents écus qu'on lui demande sont justement cinq cents coups de poignard qu'on lui donne. Ah, ah, ah. Il ne peut se résoudre à tirer cette somme de ses entrailles ; et la peine qu'il souffre lui fait trouver cent moyens ridicules pour ravoir son fils. Ah, ah, ah. Il veut envoyer la justice en mer après la galère du Turc. Ah, ah, ah. Il sollicite son valet de s'aller offrir à tenir la place de son fils, jusqu'à ce qu'il ait amassé l'argent qu'il n'a pas envie de donner. Ah, ah, ah. Il abandonne, pour faire les cinq cents écus, quatre ou cinq vieux habits qui n'en valent pas trente. Ah, ah, ah. Le valet lui fait

1. **L'industrie** : l'adresse.
2. **Sa dupe** : sa victime.

La gaffe de Zerbinette
Œuvres de Molière, précédées d'une notice sur sa vie et ses ouvrages par M. Sainte-Beuve, *illustrations Tony Johannot. Paris, chez J.-J. Dubochet et Compagnie, 1843.*

- Explique ce qui a fâché Géronte.
- Pourquoi Zerbinette a-t-elle cet air suppliant (relis la scène pour répondre) ?

comprendre, à tous coups, l'impertinence[1] de ses propositions, et chaque réflexion est douloureusement accompagnée d'un : « Mais que diable allait-il faire à cette galère ? Ah ! maudite galère ! Traître de Turc ! » Enfin, après plusieurs détours, après avoir longtemps gémi et soupiré... Mais il me semble que vous ne riez point de mon conte. Qu'en dites-vous ?

GÉRONTE. – Je dis que le jeune homme est un pendard, un insolent, qui sera puni par son père du tour qu'il lui a fait ; que l'Égyptienne est une malavisée[2], une impertinente, de dire des injures à un homme d'honneur, qui saura lui apprendre à venir ici débaucher les enfants de famille ; et que le valet est un scélérat, qui sera par Géronte envoyé au gibet ➲ avant qu'il soit demain.

SCÈNE 4 – SYLVESTRE, ZERBINETTE

SYLVESTRE. – Où est-ce donc que vous vous échappez ? Savez-vous bien que vous venez de parler là au père de votre amant ?

ZERBINETTE. – Je viens de m'en douter, et je me suis adressée à lui-même sans y penser, pour lui conter son histoire.

SYLVESTRE. – Comment, son histoire ?

ZERBINETTE. – Oui, j'étais toute remplie du conte[3], et je brûlais de le redire. Mais qu'importe ? Tant pis pour lui. Je ne vois pas que les choses pour nous en puissent être ni pis ni mieux.

1. **L'impertinence** : la bêtise.
2. **Une malavisée** : une effrontée.
3. **Du conte** : de l'histoire.

➲ **À l'époque, un valet qui volait son maître pouvait être condamné à mort.** **Voir l'Enquête p. 147-148.**

SYLVESTRE. – Vous aviez grande envie de babiller[1] ; et c'est avoir bien de la langue que de ne pouvoir se taire de ses propres affaires.

ZERBINETTE. – N'aurait-il pas appris cela de quelque autre ?

SCÈNE 5 – ARGANTE, SYLVESTRE

ARGANTE. – Holà ! Sylvestre.

SYLVESTRE, *à Zerbinette.* – Rentrez dans la maison. Voilà mon maître qui m'appelle.

ARGANTE. – Vous vous êtes donc accordés, coquin ; vous vous êtes accordés, Scapin, vous, et mon fils, pour me fourber[2] et vous croyez que je l'endure[3] ?

SYLVESTRE. – Ma foi ! Monsieur, si Scapin vous fourbe, je m'en lave les mains, et vous assure que je n'y trempe en aucune façon.

ARGANTE. – Nous verrons cette affaire, pendard, nous verrons cette affaire, et je ne prétends pas qu'on me fasse passer la plume par le bec[4].

---

1. **Babiller** : bavarder.
2. **Me fourber** : me tromper.
3. **Que je l'endure :** que je vais le supporter.
4. **Qu'on me fasse passer la plume par le bec** : qu'on aille m'empêcher de faire ce que je veux.

SCÈNE 6 – GÉRONTE, ARGANTE, SYLVESTRE

GÉRONTE. – Ah ! seigneur Argante, vous me voyez accablé de disgrâce.

ARGANTE. – Vous me voyez aussi dans un accablement horrible.

GÉRONTE. – Le pendard de Scapin, par une fourberie, m'a attrapé cinq cents écus.

ARGANTE. – Le même pendard de Scapin, par une fourberie aussi, m'a attrapé deux cents pistoles.

GÉRONTE. – Il ne s'est pas contenté de m'attraper cinq cents écus, il m'a traité d'une manière que j'ai honte de dire. Mais il me la payera.

ARGANTE. – Je veux qu'il me fasse raison de la pièce qu'il m'a jouée.

GÉRONTE. – Et je prétends faire de lui une vengeance exemplaire ➲.

SYLVESTRE, *à part.* – Plaise au Ciel que dans tout ceci je n'aie point ma part !

GÉRONTE. – Mais ce n'est pas encore tout, seigneur Argante, et un malheur nous est toujours l'avant-coureur d'un autre. Je me réjouissais aujourd'hui de l'espérance d'avoir ma fille, dont je faisais toute ma consolation ; et je viens d'apprendre de mon homme qu'elle est partie il y a longtemps de Tarente, et qu'on y croit qu'elle a péri dans le vaisseau où elle s'embarqua.

ARGANTE. – Mais pourquoi, s'il vous plaît, la tenir[1] à Tarente, et ne vous être pas donné la joie de l'avoir avec vous ?

GÉRONTE. – J'ai eu mes raisons pour cela ; et des intérêts de famille m'ont obligé jusques ici à tenir fort secret ce second mariage. Mais que vois-je ?

---

1. **La tenir :** la maintenir.

➲ **Retournement de situation : les fourberies de Scapin ont été mises au jour ; les jeunes gens paraissent avoir perdu la partie ; mais plusieurs coups de théâtre* vont bien arranger la situation.**

LECTURE ACTIVE 8

Acte III, scènes 3, 4, 5, 6 • Gaffe et quiproquos

As-tu bien lu ?

1 Comment Zerbinette et Géronte se rencontrent-ils à la scène 3 ?

2 Pourquoi Zerbinette dévoile-t-elle à Géronte comment Scapin s'est moqué de lui ?

3 Relie les personnages avec les réactions et les sentiments.

est ravi(e) par les tours de Scapin. •	• **Géronte** •	• veut se venger et punir tout le monde.
est rendu(e) furieux(se) par les tours de Scapin. •	• **Zerbinette** •	• minimise la catastrophe et prend les choses comme elles viennent.

4 Quels sont les projets des deux vieillards dans la scène 6 ?

Atelier théâtre

Se libérer des mots de Molière (scène 3)

▸ ***Objectifs.*** Jouer la scène avec ses mots en se libérant de ceux de Molière, tout en respectant la situation entre les deux personnages et en animant les répliques très longues.

▸ ***Préparation.*** Par groupes de quatre, les élèves réécrivent la scène avec leurs propres mots. Ils doivent respecter le comique de situation et l'opposition entre les personnages.

▸ ***Mise en jeu.*** Deux élèves dans chaque groupe jouent la scène qu'ils viennent d'écrire, les deux autres se chargent de la mise en scène.

▸ ***Réfléchir ensemble.*** Quelles sont les différences entre les versions contemporaines des élèves et la version de Molière ? La langue de Molière est-elle un frein pour la compréhension de la scène ?

SCÈNE 7 – NÉRINE, ARGANTE, GÉRONTE, SYLVESTRE

GÉRONTE. – Ah ! te voilà, Nourrice.

NÉRINE, *se jetant à ses genoux.* – Ah ! seigneur Pandolphe, que…

GÉRONTE. – Appelle-moi Géronte, et ne te sers plus de ce nom. Les raisons ont cessé qui m'avaient obligé à le prendre parmi vous à Tarente ➲.

NÉRINE. – Las ! que ce changement de nom nous a causé de troubles et d'inquiétudes dans les soins que nous avons pris de vous venir chercher ici !

GÉRONTE. – Où est ma fille, et sa mère ?

NÉRINE. – Votre fille, Monsieur, n'est pas loin d'ici. Mais avant que de vous la faire voir, il faut que je vous demande pardon de l'avoir mariée, dans l'abandonnement[1] où, faute de vous rencontrer, je me suis trouvée avec elle.

GÉRONTE. – Ma fille mariée !

NÉRINE. – Oui, Monsieur.

GÉRONTE. – Et avec qui ?

NÉRINE. – Avec un jeune homme nommé Octave, fils d'un certain seigneur Argante.

GÉRONTE. – Ô Ciel !

ARGANTE. – Quelle rencontre !

GÉRONTE. – Mène-nous, mène-nous promptement où elle est.

NÉRINE. – Vous n'avez qu'à entrer dans ce logis.

---

1. **L'abandonnement** : la solitude.

➲ **Géronte s'est remarié dans une autre ville, Tarente, et a eu une fille, Hyacinte. Pour des raisons inconnues, il a dû prendre un autre nom, Pandolphe. Nérine l'a cherché à Naples sous ce nom et n'a pas réussi à le trouver puisqu'il y est connu sous le nom de Géronte.**

GÉRONTE. – Passe devant. Suivez-moi, suivez-moi, seigneur Argante.

SYLVESTRE. – Voilà une aventure qui est tout à fait surprenante.

SCÈNE 8 – SCAPIN, SYLVESTRE

SCAPIN. – Hé bien ! Sylvestre, que font nos gens ?

SYLVESTRE. – J'ai deux avis[1] à te donner. L'un, que l'affaire d'Octave est accommodée. Notre Hyacinte s'est trouvée la fille du seigneur Géronte ; et le hasard a fait ce que la prudence des pères avait délibéré[2]. L'autre avis, c'est que les deux vieillards font contre toi des menaces épouvantables, et surtout le seigneur Géronte.

SCAPIN. – Cela n'est rien. Les menaces ne m'ont jamais fait mal ; et ce sont des nuées qui passent bien loin sur nos têtes.

SYLVESTRE. – Prends garde à toi : les fils se pourraient bien raccommoder[3] avec les pères, et toi demeurer dans la nasse[4].

SCAPIN. – Laisse-moi faire, je trouverai moyen d'apaiser leur courroux, et...

SYLVESTRE. – Retire-toi, les voilà qui sortent.

---

1. **Avis** : ici, nouvelles.
2. **Délibéré** : décidé.
3. **Raccommoder** : se racommoder.
4. **Demeurer dans la nasse** : continuer à avoir des ennuis.

> Retrouvez sur notre chaîne You Tube **Théâtre Hatier**, la vidéo de la scène 7 dans la mise en scène d'Omar Porras.

SCÈNE 9 – GÉRONTE, ARGANTE, SYLVESTRE, NÉRINE, HYACINTE

GÉRONTE. – Allons, ma fille, venez chez moi. Ma joie aurait été parfaite, si j'y avais pu voir votre mère avec vous.

ARGANTE. – Voici Octave, tout à propos.

SCÈNE 10 – OCTAVE, ARGANTE, GÉRONTE, HYACINTE, NÉRINE, ZERBINETTE, SYLVESTRE

ARGANTE. – Venez, mon fils, venez vous réjouir avec nous de l'heureuse aventure de votre mariage. Le Ciel...

OCTAVE, *sans voir Hyacinte.* – Non, mon père, toutes vos propositions de mariage ne serviront de rien. Je dois lever le masque avec vous, et l'on vous a dit mon engagement.

ARGANTE. – Oui ; mais, tu ne sais pas...

OCTAVE. – Je sais tout ce qu'il faut savoir...

ARGANTE. – Je veux te dire que la fille du seigneur Géronte...

OCTAVE. – La fille du seigneur Géronte ne me sera jamais de rien.

GÉRONTE. – C'est elle...

OCTAVE, *à Géronte.* – Non, Monsieur ; je vous demande pardon, mes résolutions sont prises.

SYLVESTRE, *à Octave.* – Écoutez...

OCTAVE. – Non, tais-toi, je n'écoute rien.

ARGANTE, *à Octave.* – Ta femme...

OCTAVE. – Non, vous dis-je, mon père, je mourrai plutôt que de quitter mon aimable Hyacinte. *(Traversant le théâtre pour aller à elle.)* Oui, vous avez beau faire, la voilà celle à qui ma foi est engagée[1] ; je l'aimerai toute ma vie et je ne veux point d'autre femme.

ARGANTE. – Hé bien ! c'est elle qu'on te donne. Quel diable d'étourdi, qui suit toujours sa pointe[2] !

HYACINTE, *montrant Géronte.* – Oui, Octave, voilà mon père que j'ai trouvé, et nous nous voyons hors de peine.

GÉRONTE. – Allons chez moi, nous serons mieux qu'ici pour nous entretenir.

HYACINTE, *montrant Zerbinette.* – Ah ! mon père, je vous demande par grâce que je ne sois point séparée de l'aimable personne que vous voyez ; elle a un mérite qui vous fera concevoir de l'estime pour elle, quand il sera connu de vous.

GÉRONTE. – Tu veux que je tienne chez moi une personne qui est aimée de ton frère, et qui m'a dit tantôt au nez mille sottises de moi-même ?

ZERBINETTE. – Monsieur, je vous prie de m'excuser. Je n'aurais pas parlé de la sorte, si j'avais su que c'était vous, et je ne vous connaissais que de réputation.

GÉRONTE. – Comment, que de réputation ?

HYACINTE. – Mon père, la passion que mon frère a pour elle n'a rien de criminel, et je réponds de sa vertu.

GÉRONTE. – Voilà qui est fort bien. Ne voudrait-on point que je mariasse mon fils avec elle ? Une fille inconnue, qui fait le métier de coureuse.

---

1. **À qui ma foi est engagée** : avec qui je me suis marié.
2. **Sa pointe** : son idée.

SCÈNE 11 – LÉANDRE, OCTAVE, HYACINTE, ZERBINETTE, ARGANTE, GÉRONTE, SYLVESTRE, NÉRINE

LÉANDRE. – Mon père, ne vous plaignez point que j'aime une inconnue, sans naissance et sans bien. Ceux de qui je l'ai rachetée viennent de me découvrir qu'elle est de cette ville et d'honnête famille ; que ce sont eux qui l'y ont dérobée à l'âge de quatre ans ; et voici un bracelet, qu'ils m'ont donné, qui pourra nous aider à trouver ses parents.

ARGANTE. – Hélas ! à voir ce bracelet, c'est ma fille, que je perdis à l'âge que vous dites.

GÉRONTE. – Votre fille ?

ARGANTE. – Oui, ce l'est, et j'y vois tous les traits qui m'en peuvent rendre assuré.

HYACINTE. – Ô Ciel ! que d'aventures extraordinaires !

SCÈNE 12 – CARLE, LÉANDRE, OCTAVE, GÉRONTE, ARGANTE, HYACINTE, ZERBINETTE, SYLVESTRE, NÉRINE

CARLE. – Ah ! Messieurs, il vient d'arriver un accident étrange.

GÉRONTE. – Quoi ?

CARLE. – Le pauvre Scapin...

GÉRONTE. – C'est un coquin que je veux faire pendre.

CARLE. – Hélas ! Monsieur, vous ne serez pas en peine de cela[1]. En passant contre un bâtiment, il lui est tombé sur la tête un

1. **Vous ne serez pas en peine de cela** : vous n'aurez pas cette peine-là.

marteau de tailleur de pierre, qui lui a brisé l'os et découvert toute la cervelle. Il se meurt, et il a prié qu'on l'apportât ici pour vous pouvoir parler avant que de mourir.

ARGANTE. – Où est-il ?

CARLE. – Le voilà.

SCÈNE 13 – SCAPIN, CARLE, GÉRONTE, ARGANTE, etc.

SCAPIN, *apporté par deux hommes, et la tête entourée de linges, comme s'il avait été bien blessé.* – Ahi, ahi, Messieurs, vous me voyez... ahi, vous me voyez dans un étrange état. Ahi. Je n'ai pas voulu mourir sans venir demander pardon à toutes les personnes que je puis avoir offensées. Ahi. Oui, Messieurs, avant que de rendre le dernier soupir, je vous conjure de tout mon cœur de vouloir me pardonner tout ce que je puis vous avoir fait, et principalement le seigneur Argante, et le seigneur Géronte. Ahi.

ARGANTE. – Pour moi je te pardonne ; va, meurs en repos...

SCAPIN, *à Géronte.* – C'est vous, Monsieur, que j'ai le plus offensé, par les coups de bâton que...

GÉRONTE. – Ne parle point davantage, je te pardonne aussi.

SCAPIN. – Ç'a été une témérité[1] bien grande à moi, que les coups de bâton que je...

GÉRONTE. – Laissons cela.

SCAPIN. – J'ai, en mourant, une douleur inconcevable des coups de bâton que...

GÉRONTE. – Mon Dieu ! tais-toi.

SCAPIN. – Les malheureux coups de bâton que je vous...

---

1. **Témérité** : audace.

GÉRONTE. – Tais-toi, te dis-je, j'oublie tout.

SCAPIN. – Hélas ! quelle bonté ! Mais est-ce de bon cœur, Monsieur, que vous me pardonnez ces coups de bâton que...

GÉRONTE. – Eh ! oui. Ne parlons plus de rien ; je te pardonne tout, voilà qui est fait.

SCAPIN. – Ah ! Monsieur, je me sens tout soulagé depuis cette parole.

GÉRONTE. – Oui ; mais je te pardonne à la charge[1] que tu mourras.

SCAPIN. – Comment, Monsieur ?

GÉRONTE. – Je me dédis de ma parole, si tu réchappes.

SCAPIN. – Ahi, ahi. Voilà mes faiblesses qui me reprennent.

ARGANTE. – Seigneur Géronte, en faveur de notre joie, il faut lui pardonner sans condition.

GÉRONTE. – Soit.

ARGANTE. – Allons souper ensemble, pour mieux goûter notre plaisir.

SCAPIN. – Et moi, qu'on me porte au bout de la table, en attendant que je meure.

1. **À la charge** : à condition que.

→ Voir aussi étape 4, p. 118.

Acte III, scènes 7 à 13 • Coups de théâtre et dénouement

As-tu bien lu ?

1 Sous quel nom Géronte est-il connu à Tarente ? Pourquoi ce nom a t-il posé problème à Nérine ? pendolfe, parcequ' il s'apelle géronte

2 Qui est la fille de Géronte ?
- ☐ Zerbinette
- ☒ Hyacinte
- ☐ Nérine

3 Qui est la fille d'Argante ?
- ☒ Zerbinette
- ☐ Hyacinte
- ☐ Nérine

4 Par quel moyen Argante reconnaît-il sa fille ? Par un bracelet

5 Quel double coup de théâtre apparaît dans ce dénouement ? Montre qu'il permet de ménager une fin heureuse à la comédie.
leur pères ont retrouves leur filles et aucas leur fils se marie avec

Atelier théâtre

Les accessoires de la pièce

▸ ***Objectif.*** Comprendre le rôle des accessoires au théâtre.

▸ ***Préparation.*** Les élèves, par groupes de quatre à six, doivent dresser la liste des accessoires nécessaires à l'action mais aussi trouver ceux qui serviront à différencier les personnages sur scène : les deux filles, les deux garçons, les deux pères et les deux valets.

▸ ***Mise en jeu.*** Chaque groupe présente à son tour les accessoires choisis et les autres élèves doivent deviner à quel personnage chacun va servir.

▸ ***Réfléchir ensemble.*** Les élèves spectateurs jugent la pertinence du choix de l'accessoire.

DÉFI LECTURE

Que faut-il retenir des *Fourberies de Scapin* ?

Mots croisés : les mots clés de Scapin

1. Il faut cinq cents écus pour libérer Léandre de cette prison.
2. Personnage terrifiant joué par Sylvestre et Scapin pour fourber Argante et Géronte.
3. Quand les fils le concluent sans l'accord des pères, quelle comédie !
4. Scapin les multiplie pour aider Octave et Léandre et pour se venger de leurs pères.
5. Scapin fourre Géronte dedans.
6. Scapin prétend qu'il séquestre Léandre.
7. Il vaut mieux l'avoir en main que le recevoir sur le dos...
8. C'est ce qui arrive quand on se trompe, comme Zerbinette avec Géronte.

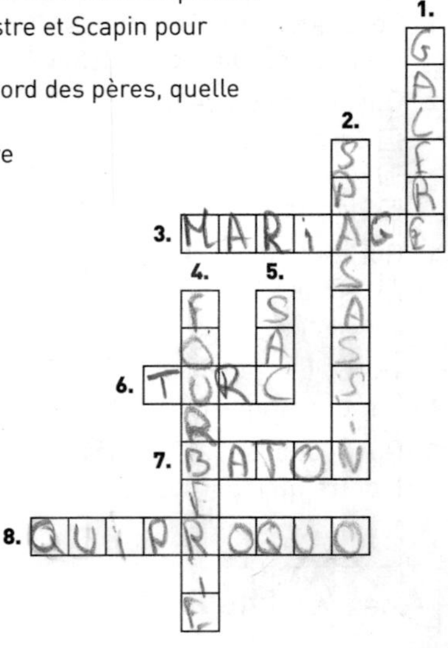

Les personnages

Associe chaque personnage à son portrait (attention ! un même portrait peut correspondre à deux personnages).

1. Je suis un jeune homme sentimental et un peu niais.
2. Je suis une jeune fille pleine de vivacité et de joie de vivre.
3. Je suis une jeune fille sentimentale et amoureuse mais pas très débrouillarde.
4. Je suis un jeune homme vif et amoureux.
5. Je suis un valet rusé et plein d'industrie pour aider mes jeunes maîtres et servir mes intérêts.
6. Je suis un valet maladroit et lent d'esprit.
7. Nous sommes deux vieillards grognons et avares.

- Octave
- Hyacinte
- Zerbinette
- Léandre
- Scapin
- Sylvestre
- Argante
- Géronte

Qui a dit quoi ?

Associe chaque réplique au personnage qui l'énonce dans la pièce.

1. Que dois-je faire ? Quelle résolution prendre ? À quel remède recourir ? (I, 1)
2. À vous dire la vérité il y a peu de choses qui me soient impossibles quand je m'en veux mêler. (I, 2)
3. Eh ! Peut-on vous aimer qu'on ne vous aime toute sa vie ? (I, 3)
4. Votre sexe aime moins longtemps que le nôtre. (I, 3)
5. Laisse-moi un peu quereller en repos. (I, 4)
6. Les mauvais déportements des jeunes gens viennent le plus souvent de la mauvaise éducation que leurs pères leur donnent. (II, 1)
7. Parbleu, Monsieur, je suis un fourbe, ou je suis honnête homme : c'est l'un des deux. (II, 6)
8. Que diable allait-il faire dans cette galère ? (II, 7)
9. Ah, infâme ! ah, traître ! ah, scélérat ! C'est ainsi que tu m'assassines. (III, 2)
10. Ah !, ah, ah, ah, la plaisante histoire ! et la bonne dupe que ce veillard ! (III, 3)
11. Et je prétends faire de lui une vengeance exemplaire ! (III, 6)
12. Les menaces ne m'ont jamais fait mal ; et ce sont des nuées qui passent bien loin sur nos têtes. (III, 8)
13. Oui ; mais je te pardonne à la charge que tu mourras. (III, 13)
14. Et moi, qu'on me porte au bout de la table, en attendant que je meure. (III, 13)

- Octave
- Hyacinte
- Léandre
- Scapin
- Argante
- Géronte

Arrivée d'une troupe de comédiens de campagne,
gravure anonyme, XVIIe siècle. Paris, Bibliothèque nationale.

LE DOSSIER

Les Fourberies de Scapin

Une comédie d'intrigue menée par un valet

REPÈRES

PARCOURS DE L'ŒUVRE

TEXTES ET IMAGE

Qu'est-ce qu'une comédie ?

À l'origine, c'est le philosophe grec Aristote qui distingue d'un côté un genre sérieux et noble, la tragédie*, de l'autre un genre comique et bas, la comédie*.

● DU THÉÂTRE QUI FAIT RIRE

Une comédie est une pièce de théâtre dont l'objectif est de susciter le rire. Elle se caractérise par des personnages* qui appartiennent à la bourgeoisie ou au petit peuple et par une fin heureuse. À l'époque de Molière, la comédie acquiert ses lettres de noblesse : elle use de différents ressorts comiques afin d'amuser, tout en délivrant, dans les limites de la bienséance, un message critique sur la société.

Deux types de comédie sont particulièrement populaires : la comédie-farce et la comédie d'intrigue.

● LA COMÉDIE-FARCE : FAIRE RIRE PAR TOUS LES MOYENS

La farce* est initialement une courte pièce comique qui se joue en plein air, pendant les foires, devant un public populaire. Son but est de faire rire par tous les moyens : les acteurs n'hésitent pas à multiplier les coups de bâton ; le langage est grossier, voire obscène.

De la comédie, la comédie-farce a toute la légèreté, l'intrigue amoureuse, le souci de la dénonciation des défauts de l'époque. De la farce, elle a le souffle, le rythme et la technique.

La pièce de Molière Le Médecin malgré lui *est un exemple célèbre de comédie-farce.*

● LA COMÉDIE D'INTRIGUE : PÉRIPÉTIES* ET COUPS DE THÉÂTRE*

La comédie d'intrigue est un type de comédie très populaire aux XVIIe et XVIIIe siècles. L'intrigue repose sur une donnée de départ, toujours la même : un jeune amoureux doit contourner les obstacles qui l'empêchent d'épouser la jeune fille qu'il aime.

La pièce met en scène les ruses et les activités déployées par les valets pour aider les jeunes amoureux, souvent naïfs et timorés, à parvenir à leurs fins.

La comédie d'intrigue ne se soucie pas de paraître crédible : il suffit aux personnages de se déguiser pour ne pas être reconnus, même par leur famille.

Mais ce qui étonne surtout est le dénouement* : l'auteur fait appel au procédé de la « reconnaissance ». L'intrigue se dénoue brusquement sur la révélation de l'identité d'un personnage ou d'un secret familial. Cette reconnaissance permet de lever tous les obstacles à l'amour.

Qu'en est-il des *Fourberies de Scapin* ?

C'est sur ce schéma de comédie d'intrigue, développé par une multitude de péripéties et de rebondissements inattendus, qu'est écrite la pièce des Fourberies de Scapin. *La pièce présente cependant deux couples de jeunes amoureux.*

● LES DIFFÉRENTS PROCÉDÉS COMIQUES

Dans une comédie, on rit grâce à différents types de comique que l'on distingue selon les procédés utilisés :

– le **comique de mots** repose sur le langage (jeux de mots, défauts de prononciation, plaisanteries, registres de langues variés…) ;

– le **comique de gestes** repose sur le jeu de l'acteur (coups, grimaces, chutes, poursuites…) ;

– le **comique de caractère** repose sur les défauts des personnages (avarice, faux malade, peureux…) ;

– le **comique de situation** repose sur l'intrigue (situation cocasse, tromperie, quiproquo*, malentendus…).

Comédiens dansant et chantant *(détail), gravure, XVII*e *siècle.*

Qu'appelle-t-on commedia dell'arte ?

La commedia dell'arte* est un type de comédie semi-improvisée qui laisse une grande part au jeu, à la gestuelle de l'acteur et à l'improvisation.

L'origine du mot commedia dell'arte

Des troupes de comédiens amateurs, les* dilettanti*, décident de devenir de vrais acteurs professionnels, des comédiens « dell'arte » (« de métier »).*

● DES COMÉDIENS ITALIENS À LA COUR DE FRANCE

Venus en France à la demande de Catherine de Médicis au XVIe siècle, les comédiens italiens deviennent très à la mode à Paris : on peut les voir au théâtre de l'Hôtel de Bourgogne ou en plein air sur le Pont-Neuf. Louis XIV les apprécie également et les nomme « Comédiens ordinaires du Roi ». Il leur permet d'occuper la salle du Petit-Bourbon en alternance avec la trouupe de Molière.

● UN CANEVAS SUR LEQUEL ON IMPROVISE

Les comédiens sont aussi mimes, acrobates, jongleurs, chanteurs et danseurs. Ils disposent d'un canevas sur lequel ils improvisent. Le répertoire se compose d'histoires connues, du Moyen Âge ou de l'Antiquité. Dans certaines troupes, on écrit, à partir de ces histoires, des scénarios (résumés de l'intrigue, scène par scène). Les acteurs composent eux-mêmes les dialogues au fur et à mesure du déroulement de la pièce. C'est une création collective permanente, dont le succès repose sur les qualités de l'acteur (humour, sens de la repartie, jeu parfait).

*L'**improvisation** se nourrit de l'actualité et tient compte de la réaction de l'auditoire, créant une complicité entre l'acteur et le spectateur. Le public a ainsi l'impression d'assister à un spectacle en train de se faire et d'y participer.*

Une source d'inspiration pour Molière

Partageant le théâtre du Petit-Bourbon avec les Comédiens-Italiens, Molière n'a pas manqué d'être influencé par leur technique de jeu, leur virtuosité et les personnages de la commedia dell'arte, dont on retrouve la sève chez Scapin, Sganarelle, les personnages de vieillards ou de médecins.

● LES *LAZZI* : DES MORCEAUX DE BRAVOURE TRÈS ATTENDUS

Dans la commedia dell'arte, on appelle *lazzis* des morceaux autonomes, gestes ou plaisanteries systématiques qui sont susceptibles d'être introduits au cours du jeu et sont destinés à faire rire. Le public les connaît et les attend.

*Le **lazzi des coups** : le maître mécontent frappe son valet. Celui-ci hurle de douleur, se roule par terre au moindre coup... Le rire naît du décalage entre les coups et la manifestation exagérée de la douleur.*

● DES PERSONNAGES TYPES

– Pantalon : vieux et riche marchand, avare et crédule. Il veut plaire aux jeunes filles mais se rend ridicule.
– Le Docteur : vieux savant, docteur ou homme de loi. Très bavard, son savoir est une façade.
– Le capitaine Matamore : vantard qui exagère ses faits d'armes.
– Arlequin : valet vif et malicieux. Paresseux, gourmand, cupide mais fidèle et sympathique.
– Polichinelle : valet bossu et ventru. Filou, brutal, voleur et menteur.
– Les amoureux Lelio et Isabella : jeunes et beaux. Leur amour est toujours vainqueur.

***Arlequin** s'est peu à peu transformé et n'a plus de lien avec la commedia dell'arte : amoureux rêveur, il est vêtu d'un costume composé de losanges multicolores.*
***Polichinelle** est devenu un personnage de marionnette.*

Les masques

Les zanni (valets), les vieillards et le capitaine portent des masques qui laissent voir la bouche. Les masques caricaturent les traits du visage et aident à reconnaître le personnage dès son entrée en scène. Dissimulant les expressions du visage, ils obligent l'acteur à accentuer ses gestes.*

Étape I • Étudier les scènes d'exposition

SUPPORT • Acte I, scènes 1 et 2 (p. 17-24).

OBJECTIF • Observer la mise en place de l'intrigue.

Deux scènes pour expliquer une affaire de cœur

1 Reconstitue les expressions qui expriment l'angoisse d'Octave en reliant les éléments de la 1re et de la 2e colonne.

conjonctures •	• fâcheuses
réprimandes •	• cruelles
nouvelles •	• dures
extrémités •	• impétueuses

2 **a.** Pourquoi Octave est-il si inquiet ?
b. À quel moment et par qui l'apprend-on ?

3 Quels sont les éléments connus de l'intrigue à la fin de la scène 2 ? Complète le texte suivant avec les termes de la liste : secret – l'a épousée – amoureux – pauvres – marier.

Argante revient plus tôt que prévu pour .... son fils, Octave, avec la fille de Géronte. Mais Octave est tombé .... d'une autre jeune fille et .... Ils sont tous les deux bien .... L'oncle d'Octave a découvert son ....

4 Dans la scène 2, on apprend que se noue une autre relation amoureuse problématique. Laquelle ?

Les deux personnages de valets : un contraste comique

5 En quoi la présence de Sylvestre fait-elle progresser l'action ? et celle de Scapin ?

6 Comment réagissent-ils chacun à l'annonce de l'arrivée d'Argante et de Géronte ? Montre en quoi ces réactions sont contrastées.

La langue et le style

7 **a. Les temps.** Dans la scène 2 (l. 79 -145), Octave raconte son aventure à Scapin. Quels sont les temps employés ?
b. Observe maintenant les lignes 146 à 163 : en quoi le récit de Sylvestre contraste-t-il avec celui d'Octave ?

Faire le bilan

8 **La fonction des deux scènes.** A quoi ces deux scènes servent-elles ? Complète le texte suivant avec les termes de la liste : conflits – personnage principal – exposition – informations – parents – personnages – intrigue – comprendre.

Ces deux scènes sont des scènes d'. . . . . Dans une pièce de théâtre, elles servent à donner au spectateur les . . . . nécessaires pour . . . . ce qui est arrivé avant le lever du rideau. On apprend ici qui sont les . . . . et quelles sont leurs relations. L'. . . . . se met progressivement en place avec l'apparition du . . . . à qui les jeunes gens exposent les . . . . qui les opposent à leurs . . . .

À ton avis

9 **Et aujourd'hui ?** Penses-tu que ces scènes présentent des éléments qui peuvent être d'actualité aujourd'hui ? Lesquels ? Explique ta réponse.

Écrire maintenant

10 **Désobéissance.** Imagine que tu as toi-même fait quelque chose sans l'accord de tes parents. Ils ont appris la vérité et vont bientôt rentrer à la maison. Raconte, en insistant sur l'appréhension que tu éprouves à l'idée de leur retour et en ne révélant la cause de ton inquiétude que vers la fin du récit.

11 **Récit d'une rencontre.** Imagine le récit que pourrait faire Hyacinte de sa rencontre avec Octave.

Étape 2 • Caractériser la première « fourberie » de Scapin

SUPPORT • Acte II, scène 6 (p. 62-67).

OBJECTIF • Repérer un procédé de théâtre dans le théâtre, et mettre en évidence ses effets comiques.

Scapin metteur en scène : la comédie dans la comédie

1 Dans quelle scène précédente Scapin et Sylvestre préparent-ils la comédie qu'ils jouent à Argante ?

2 Qui a donné les indications à Sylvestre pour composer le rôle du spadassin ?

3 Comment apparaissent dans le texte les indications données par Molière concernant les gestes et le ton de Sylvestre ?

4 Quel accessoire Sylvestre utilise-t-il pour rendre son personnage plus crédible ?

5 **a.** Quel rôle joue exactement Scapin dans cette scène : est-il un fidèle valet comme il le fait croire à Argante ?
b. Qui est vraiment lui-même dans cette scène ?

Les effets comiques

6 En quoi Argante est-il ridicule dans cette scène ? Quels traits de caractère sont-ils mis en avant pour faire rire le public ?

7 La complicité avec le public : qu'est-ce que sait le public que ne sait pas Argante ? Pour t'aider, tu peux relever la réplique qui annonce d'entrée le rôle que va jouer Sylvestre.

8 Cette scène permet d'apprécier la force comique de la pièce. Retrouve dans le texte un exemple des différents procédés comiques suivants (voir Repère 1, p. 109).

Comique de mots	....
Comique de gestes	....
Comique de situation	....

La langue et le style

9 La tirade de Sylvestre.
a. Quel mode verbal est utilisé par Sylvestre dans sa longue tirade ?
b. Que traduisent les nombreux points d'exclamation ?

Faire le bilan

10 Du théâtre dans le théâtre. Dans un paragraphe rédigé, explique en quoi cette scène est du théâtre dans le théâtre. Tu peux utiliser les mots suivants : personnage, acteur, rôle, comédie, mise en scène, déguisement, accessoire, didascalie*, ton, geste...

À ton avis

11 Un vieillard escroqué. Pourquoi cette scène est-elle particulièrement drôle alors que la victime est âgée et que les deux valets profitent de sa faiblesse pour l'escroquer ? Est-ce que toi non plus tu n'as ressenti aucune compassion pour Argante ? Explique pourquoi.

Écrire maintenant

12 Farceur. Raconte un tour que tu as joué à un camarade ou à un proche avec l'aide d'un complice. Tu commenceras par raconter les circonstances. N'oublie pas de décrire la réaction de la personne que tu as dupée et la tienne ensuite.

Étape 3 • Analyser une scène de farce

SUPPORT • Acte III, scène 2 (p. 79-86).

OBJECTIF • Analyser les procédés comiques mis en œuvre dans une scène.

Le dialogue imaginaire

1 Combien y a-t-il de comédiens sur scène ?

2 Combien de personnages Scapin prétend-il voir arriver ?

3 Relis les lignes 145 à 171 (passage correspondant à la prétendue arrivée d'un premier spadassin). Décris le jeu de Scapin : son discours, ses déplacements, ses gestes.

Les différents procédés comiques

4 Mets en évidence les différents types de comique mis en œuvre dans cette scène, en complétant le tableau suivant avec des croix.

	Comique de gestes	**Comique de mots**	**Comique de situation**	**Comique de caractère**
« Qui, cé fat de Géronte, cé maraud, cé vélître ? »				
Scapin donne des coups de bâton à Géronte.				
Scapin fait comme s'il avait reçu les coups de bâton.				
Géronte sort la tête du sac.				
« et je te promets cet habit-ci quand je l'aurai un peu usé ».				
Géronte est dupé par Scapin mais finit par découvrir la supercherie.				

Le comique de répétition

5 À la prétendue arrivée de chaque personnage, que conseille Scapin à son maître ? Comment se déroule la scène à chaque fois ?

6 **a.** Combien de fois cette scène se répète-t-elle ? Quel effet cela produit-il sur le spectateur ?
b. Par quoi la répétition de la scène est-elle interrompue ?

Faire le bilan

7 Scène de farce

La farce fait rire par tous les moyens, même les plus simples (coups de bâton, gestes et mots grossiers…). Explique en quelques lignes en quoi cette scène constitue une scène de farce.

À ton avis

8 Des risques inutiles

Cet épisode ne fait pas avancer l'action : Scapin se venge pour la beauté du geste, il a déjà obtenu l'argent et Zerbinette est sauvée. Que penses-tu des personnages qui, comme Scapin, prennent des risques inutiles ? Explique ta réponse.

Écrire maintenant

9 Travail d'auteur

Réécris la longue tirade* de Scapin en ajoutant un autre faux spadassin ; invente-lui un accent et imagine ce qu'il aurait pu dire à Géronte. Sa réplique* peut commencer ainsi : « Scapin *lui remet la tête dans le sac.* – Attention ! voici un autre spadassin ! Oh, celui-ci a une mine encore plus féroce… »

Étape 4 • Étudier le dénouement

SUPPORT • Acte III, scènes 7 à 13 (p. 96-102).

OBJECTIF • Mettre en évidence que le dénouement de la pièce est celui d'une comédie d'intrigue.

Une série de coups de théâtre

1 Dans les dernières scènes d'une pièce, les problèmes des personnages doivent trouver une solution. Retrouve où en est l'intrigue juste avant le dénouement en cochant les problèmes déjà résolus.

a. Léandre doit trouver de l'argent pour racheter Zerbinette. ☐

b. Octave doit trouver de l'argent pour faire vivre sa femme. ☐

c. Scapin veut se venger de Géronte dont les bavardages lui ont valu d'essuyer la colère de Léandre. ☐

d. Argante veut déshériter son fils qui s'est marié sans son consentement. ☐

e. Léandre doit faire accepter à son père l'idée qu'il veut épouser Zerbinette, une jeune fille sans naissance et sans bien. ☐

f. Scapin doit se faire pardonner. ☐

2 Dans les scènes 7 à 11, Molière multiplie les coups de théâtre pour éviter les drames et permettre une fin heureuse. En quoi ces coups de théâtre consistent-ils ?

Un dénouement hautement fantaisiste

3 Où se rencontrent les personnages ? Qu'en penses-tu ?

4 Les coups de théâtre sont-ils vraisemblables ?

5 Quels sont les éléments farfelus dans l'annonce de l'accident de Scapin ? Comment réussit-il à faire croire qu'il va bientôt mourir ? Pour répondre, tu peux t'aider des didascalies et de ses répliques à la scène 13.

La langue et le style

6 Négation et refus. Relève les phrases négatives dans la scène 10. Souligne les termes de négation. Relève les phrases affirmatives dans lesquelles Octave exprime un refus et souligne le terme qui exprime le refus.

7 Quiproquo. Un quiproquo* est un malentendu qui produit souvent un effet comique. Sur quel quiproquo la scène 10 est-elle construite ? Relève d'autres quiproquos dans la pièce.

Faire le bilan

8 Tout est bien qui finit bien. Raconte ce qui s'est passé dans les dernières scènes en respectant l'ordre chronologique des événements.

9 Dénouement. Complète le texte suivant avec les mots de la liste. Attention ! tu dois parfois les accorder au pluriel : personnage – vraisemblance – fin – coup – solution – heureuse – action – comédies.

Le dénouement se situe à la . . . . de l'histoire. L'auteur doit dénouer . . . . en trouvant une . . . . aux problèmes rencontrés par les . . . . Dans les . . . . d'intrigue, l'auteur ne se soucie pas de . . . . Il multiplie les . . . . de théâtre pour permettre une fin . . . .

À ton avis

10 Exagération. Que penses-tu du comportement et des réactions de Scapin à la fin de la pièce ? Explique pourquoi il va jusqu'à prétendre qu'il est sur le point de mourir. Ne penses-tu pas qu'il en fait un peu trop ?

Écrire maintenant

11 Fin réaliste. Imagine ce qui aurait pu arriver aux jeunes amoureux et à Scapin après la scène 6 de l'acte III, si Molière avait opté pour un dénouement réaliste.

Étape 5 • Faire le point sur les personnages

SUPPORT • L'ensemble de la pièce.

OBJECTIF • Étudier les fonctions des différents personnages dans la comédie et mettre en évidence leur caractère typé.

Scapin, personnage principal

1 Dans combien de scènes Scapin est-il présent ?

2 Que peux-tu dire sur sa place dans la pièce ?

3 Scapin est intervenu trois fois dans le cours de l'intrigue et a inversé la situation en sa faveur. Quels sont ces trois rebondissements ?

Des personnages types

4 Relis les descriptions de personnages de la commedia dell'arte (voir Repère 2, p. 111). Indique par des flèches les ressemblances entre les personnages de Molière et ceux de la Comédie-Italienne. (Un personnage de la Comédie-Italienne peut correspondre à deux personnages de Molière.)

Léandre •	
Hyacinte •	• Pantalon
Scapin •	• Le docteur
Sylvestre •	• Arlequin
Octave •	• Lelio
Géronte •	• Isabella
Zerbinette •	
Argante •	

5 Dans *Les Fourberies de Scapin*, les personnages vont par couple : par exemple, Argante et Géronte forment un couple de pères. Dresse la liste des autres couples de ce type.

6 Parmi ces couples, lesquels sont en opposition ? Qui aide qui ?

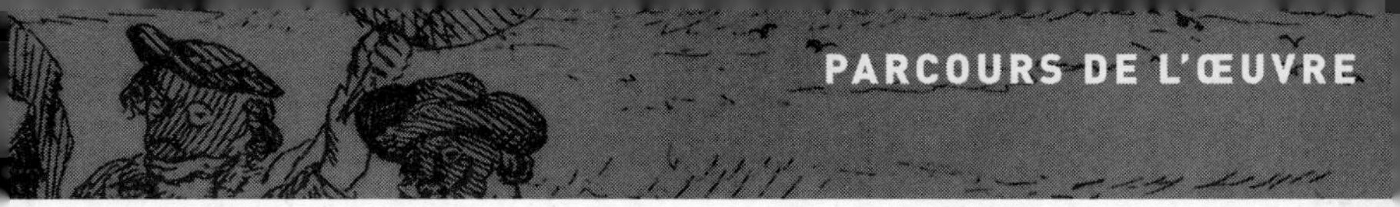

La langue et le style

7 Convaincre. Avant d'effrayer Argante, Scapin essaie de le convaincre de ne pas rompre le mariage de son fils, en lui présentant les désavantages d'un procès (acte II, scène 5). Donne trois raisons pour lesquelles, selon lui, Argante ne doit pas rompre ce mariage.

8 Figures de style. Relève deux figures de style utilisées par Scapin.

Faire le bilan

9 Connaître les personnages. Complète avec les noms des personnages.
Argante est le père de .... et de .... Géronte est le père de .... et de .... Ils sont tous deux très autoritaires mais pas très intelligents. Au début de la pièce, ... attend sa fille .... qu'il fait venir de Tarente. Il la retrouve saine et sauve à la fin de la pièce et c'est justement elle qu'il voulait marier à .... est si amoureux de .... qu'il va s'opposer à son père et l'épouser en cachette. .... est amoureux de Zerbinette mais jamais son père ne le laissera épouser une bohémienne. Scapin est le valet de .... et Sylvestre le valet de .... Ils vont tous les deux aider les jeunes amoureux à franchir les obstacles .... , par goût des ruses mais aussi parce que Scapin veut se venger de ....

À ton avis

10 Personnages sympathiques

a. Qui sont les personnages les plus sympathiques ?
b. L'atelier de théâtre du collège monte *Les Fourberies de Scapin*. Quel personnage aimerais-tu jouer et pourquoi ?

Écrire maintenant

11 Personnages comiques. Brosse le portrait d'un personnage comique que tu apprécies. Fais une description de son physique et de son comportement, puis explique pourquoi il te fait rire.

Étape 6 • Étudier les rapports entre maîtres et valets

SUPPORT • L'ensemble de la pièce et l'enquête.

OBJECTIF • Analyser les relations de Sylvestre et de Scapin avec leurs maîtres, comparer leur situation avec la réalité de l'époque à l'aide des informations de l'enquête.

Les informations de l'enquête

1 Retrouve, dans l'enquête, des synonymes du mot « valet ».

2 Les différentes fonctions du valet : donne trois exemples de postes d'officier et trois exemples de domestiques de représentation.

3 Complète les mots suivants indiquant les qualités exigées d'un domestique.
Un serviteur doit être f. . . . . , d. . . . . ,
o. . . . . , s. . . . . et entièrement
d. . . . .

4 Pourquoi les gens avaient-ils recours à des domestiques aux XVIIe et XVIIIe siècles ?

5 Quels étaient les avantages à être domestique ?

Les rapports entre maîtres et valets dans la pièce

6 Comment sait-on, dès la première scène, qui est le maître et qui est le valet ? Pour t'aider à répondre, regarde les pronoms personnels employés.

7 Quel travail a été confié à Sylvestre et à Scapin par les pères en leur absence ?

8 Pourquoi Sylvestre est-il inquiet du retour du père d'Octave dans la première scène ? Que craint-il ?

9 Comment, dans la scène 3 de l'acte II, Léandre s'apprête-t-il à corriger Scapin dont il dénonce la trahison ?

Scapin, un valet de comédie subversif

10 Pourquoi les valets ont-ils mauvaise réputation au XVIIe siècle ?

11 En quoi Scapin correspond-il à cette image ? Complète le tableau suivant avec des exemples d'irrévérence ou de mauvaise conduite de Scapin envers ses maîtres.

	Exemples
Propos irrespectueux	
Gestes insultants	
Actes malhonnêtes	

12 En quoi est-ce comique de voir Géronte se faire battre et insulter par Scapin ?

Faire le bilan

13 Scapin et Sylvestre. Dans un paragraphe rédigé, explique quels sont les points communs et les différences entre Sylvestre et Scapin. Pour t'aider, tu peux évoquer leur caractère, leurs commentaires sur les aventures de leurs maîtres ainsi que leurs réactions.

À ton avis

14 Vivre au XVIIe siècle. Aurais-tu aimé vivre au siècle de Molière ? Appuie-toi sur l'enquête pour donner ton avis et n'oublie pas de dire exactement pourquoi.

Enquêter maintenant

15 Recherche documentaire. Fais une recherche sur un des thèmes suivants :
– les salles de théâtre à Paris au XVIIe siècle ;
– les pirates en Méditerranée : Octave aurait-il pu se faire enlever et être réduit en esclavage, comme le prétend Scapin ?
– comment rendait-on la justice au XVIIe siècle ?

Étape 7 • Analyser les thèmes de l'amour et du mariage

SUPPORT • L'ensemble de la pièce.

OBJECTIF • Analyser la façon dont on parle de l'amour dans la pièce, analyser le thème des amours contrariées.

Les quatre amoureux

1 Reconstitue les couples d'amoureux.

Octave •   • Zerbinette
Léandre •   • Hyacinte

2 Quel est le couple déjà marié ? Quel problème ce mariage pose-t-il ?

3 Quels sont les projets de mariage d'Argante pour son fils ?

4 **a.** Complète le tableau suivant en indiquant comment chaque jeune amoureux évoque sa bien-aimée et comment il parle de celle de son ami (acte I, scène 2) ?

	Octave	**Léandre**
Hyacinte		
Zerbinette		

b. À ton avis, pourquoi les jeunes gens ont-ils des opinions différentes sur Zerbinette et Hyacinte ?

5 Relis la scène 3 de l'acte I : quelles sont les craintes de Hyacinte au sujet de son couple ?

6 Relis la scène 1 de l'acte III : quelles sont celles de Zerbinette au sujet de son couple ? Qu'est-ce qu'elle attend de Léandre pour être rassurée ?

7 Lis les phrases suivantes et barre celles qui ne peuvent pas résumer le point de vue de Zerbinette sur l'amour.

- L'amour est dangereux.
- L'amour doit se vivre avec passion.
- L'amour exige du sérieux.
- L'amour exige une cérémonie de mariage.

- L'amour est agréable quand rien ne vient l'entraver.
- Le bonheur en amour est ennuyeux.
- Les difficultés stimulent le plaisir.

Les amours contrariées

8 Quels obstacles empêchent les jeunes gens de vivre sereinement leurs amours ?

9 Pourquoi le public est-il bienveillant à l'égard des jeunes gens ?

10 Quels sont les traits de caractère d'Argante et de Géronte mis en avant par Molière ?

La langue et le style

11 **Amour.** Dans la scène 3 de l'acte I, relève :
– deux synonymes du mot « amour » dans les répliques de Hyacinte ;
– une image évoquant la passion amoureuse ;
– les termes qui permettent de mettre en évidence le caractère précieux du dialogue entre Hyacinte et Octave.

Faire le bilan

12 **Le mariage d'amour.** Pourquoi peut-on dire que *Les Fourberies de Scapin* consacrent le triomphe du mariage d'amour sur le mariage de raison ?

À ton avis

13 **L'amour aujourd'hui.** Selon toi, la question du mariage d'amour se pose-t-elle encore dans les mêmes termes à notre époque ?

Écrire maintenant

14 **Un dialogue amoureux.** Réécris le dialogue amoureux (acte I, scène 3) entre Hyacinte et Octave (l. 181-219) avec un vocabulaire et une syntaxe contemporains. Attention ! tu dois utiliser un niveau de langue courant ou soutenu.

Étape 8 • Observer trois mises en scène de la pièce

SUPPORT • Plats de couverture et cahier central pour les photos couleur ; chaîne You Tube **Théâtre Hatier** pour les extraits vidéo de la mise en scène d'Omar Porras.

OBJECTIF • Observer et comparer trois différentes interprétations de la pièce.

Découvrir trois mises en scène des Fourberies

1 Les décors

a. Caractérise le décor de chaque mise en scène.

	Éléments du décor	Lieu symbolisé sur la scène	Couleurs dominantes
Jean-Louis Benoît			
Jean-Pierre Vincent			
Omar Porras			

b. Lequel te paraît le plus adapté à la pièce ?

2 Les personnages

a. Caractérise le costume de Scapin en complétant ce tableau avec le metteur en scène correspondant à chaque costume.

De valet du XVIIe siècle	
D'un jeune contemporain	
Symbolisant un homme à tout faire	

b. En quoi peut-on dire que les costumes de Hyacinte et Zerbinette expriment leurs personnalités dans la mise en scène de Jean-Louis Benoît (photo n° 5) ?

3 Les choix de mise en scène

Pour caractériser la comédie dans chaque mise en scène, relie les éléments comme il convient.

Photo 1 • • une commedia dell'arte avec des masques
Photo 5 • • une comédie du XVIIe siècle
Photo 6 • • une farce contemporaine

Comparer trois mises en scène de la scène du sac (III, 2)

Pour les questions ci-dessous, reporte-toi aux photos 2, 3 et 4.

4 Reconnaître un moment précis

a. Indique pour chaque document le passage correspondant de la scène, en citant la bonne réplique.

Photo 2 : . . . .

Photo 3 : . . . .

Photo 4 : . . . .

b. Justifie ta réponse par l'analyse précise d'éléments (gestes, postures, accessoires) présents dans chaque mise en scène.

5 Comprendre les choix des metteurs en scène

a. Pourquoi Omar Porras a-t-il choisi d'utiliser un sac poubelle ?

b. Pourquoi Jean-Pierre Vincent a-t-il suspendu le sac au bout d'une grue ?

c. Pourquoi Géronte est-il maquillé en blanc dans la mise en scène de Jean-Louis Benoît ?

À ton avis

6 La liberté avec le texte

a. Dans quelles images le metteur en scène prend-il des libertés avec le texte ?

b. Selon toi, le metteur en scène doit-il être fidèle au texte ou, au contraire, prendre des libertés avec lui ? Justifie.

7 Faire rire

L'objectif de Molière était de faire rire. D'après toi, laquelle de ces trois mises en scène est la plus efficace pour atteindre ce but ?

8 Ta préférence

Quelle est ta mise en scène préférée ? Explique pourquoi.

Les relations parents-enfants : groupement de documents

OBJECTIF : Comparer plusieurs documents sur le thème des relations entre parents et enfants.

DOCUMENT 1 La rivalité père-fils

Harpagon surprend son fils Cléante en conversation amoureuse avec Mariane, jeune femme qu'il a décidé d'épouser lui-même. Il découvre par ruse que son fils est un rival et que les jeunes gens espèrent se marier.

CLÉANTE. – Hé bien ! mon père, puisque les choses sont ainsi, il faut vous découvrir mon cœur, il faut vous révéler notre secret. La vérité est que je l'aime, depuis un jour que je la vis dans une promenade ; que mon dessein était tantôt de vous la demander pour femme ; et que rien ne m'a retenu que la déclaration de vos sentiments, et la crainte de vous déplaire.

HARPAGON. – Lui avez-vous rendu visite ?

CLÉANTE. – Oui, mon père.

HARPAGON. – Beaucoup de fois ?

CLÉANTE. – Assez, pour le temps qu'il y a.

HARPAGON. – Vous a-t-on bien reçu ?

CLÉANTE. – Fort bien, mais sans savoir qui j'étais ; et c'est ce qui a fait tantôt la surprise de Mariane.

HARPAGON. – Lui avez-vous déclaré votre passion, et le dessein où vous étiez de l'épouser ?

CLÉANTE. – Sans doute ; et même j'en avais fait à sa mère quelque peu d'ouverture.

HARPAGON. – A-t-elle écouté, pour sa fille, votre proposition ?

CLÉANTE. – Oui, fort civilement.

HARPAGON. – Et la fille correspond-elle fort à votre amour ?

CLÉANTE. – Si j'en dois croire les apparences, je me persuade, mon père, qu'elle a quelque bonté pour moi.

HARPAGON, *bas, à part.* – Je suis bien aise d'avoir appris un tel secret ; et voilà justement ce que je demandais. *(Haut.)* Or sus, mon fils, savez-vous ce qu'il y a ? C'est qu'il faut songer, s'il vous plaît, à vous défaire de votre amour, à cesser toutes vos poursuites auprès d'une personne que je prétends pour moi[1], et à vous marier dans peu avec celle qu'on vous destine.

CLÉANTE. – Oui, mon père ; c'est ainsi que vous me jouez ! Eh bien ! puisque les choses en sont venues là, je vous déclare, moi, que je ne quitterai point la passion que j'ai pour Mariane ; qu'il n'y a point d'extrémité où je ne m'abandonne pour vous disputer sa conquête, et que si vous avez pour vous le consentement d'une mère, j'aurai d'autres secours, peut-être, qui combattront pour moi.

HARPAGON. – Comment, pendard ! tu as l'audace d'aller sur mes brisées[2] !

CLÉANTE. – C'est vous qui allez sur les miennes, et je suis le premier en date.

HARPAGON. – Ne suis-je pas ton père ? et ne me dois-tu pas respect ?

CLÉANTE. – Ce ne sont point ici des choses où les enfants soient obligés de déférer aux pères[3], et l'amour ne connaît personne.

HARPAGON. – Je te ferai bien me connaître avec de bons coups de bâton.

CLÉANTE. – Toutes vos menaces ne feront rien.

HARPAGON. – Tu renonceras à Mariane.

CLÉANTE. – Point du tout.

HARPAGON. – Donnez-moi un bâton tout à l'heure[4].

MOLIÈRE, *L'Avare*, 1668, acte IV, scène 3.

1. **Que je prétends pour moi** : que je veux épouser.
2. **Pendard** : coquin, fripon ; **aller sur mes brisées** (n. f. plur.) : entrer en concurrence avec moi ; familièrement : marcher sur mes plates-bandes.
3. **Soient obligés de déférer aux pères** : soient obligés de se soumettre aux désirs des pères.
4. **Tout à l'heure** : tout de suite.

DOCUMENT 2 **Souvenir d'enfance**

Dans Le Désir d'être un volcan, *Michel Onfray revient sur son enfance et son adolescence. Il se remémore sa relation avec son père et lui rend hommage à travers l'écriture d'un portrait découpé en plusieurs scènes. Ici, il se rappelle le jour où il a obtenu son baccalauréat et où il a compris que son père était fier de lui…*

Dans le monde où mon enfance se déplia, la tendresse ne se disait pas. Ni par les mots, ni par les gestes. De sorte qu'il m'est facile de me souvenir de l'une des deux ou trois reprises où mon père dérogea[1]. C'était fin juin 1976, je venais d'avoir mon baccalauréat, j'avais dix-sept ans. L'été donnait sa meilleure lumière, sa chaleur qui me ravit toujours autant. Je n'avais guère travaillé cette année-là. En dilettante[2], d'ailleurs, je souhaitais plutôt échouer pour me donner une année de battement, non loin de celle qui préoccupait, sinon tourmentait alors mon esprit. Contre toute attente, le rattrapage me fut favorable et j'empochai de justesse un diplôme qui, pour mes parents, signifiait quelque chose : le baccalauréat, un sésame, une couronne de laurier, une médaille olympique, de toute façon plus que toute autre chose, car, par exemple, plus tard, mon doctorat fit moins impression. Toujours est-il que, le soleil aidant, j'avais décroché l'occasion de véritables vacances, dans le genre repos du guerrier.

Apprenant mon succès, mon père sourit, posa sa main, comme en une onction[3], sur ma tête, sur mes cheveux. Je sentis son poids, son épaisseur, les doigts dans leur détail, la paume, sa surface, le presque abandon mais la retenue, toutefois, dans le poignet. L'immobilité lourde de son geste trahissait à la fois une peur de mal dire, mal faire, de briser ou de casser quelque chose, et une vérité sans détours, sans ambages[4]. Aucun mot n'accompagna le geste, aucune durée, non plus, dans celui-ci qui, malgré tout, devint pour moi de la matière dont on fait l'éternité. Mon corps fut ému et traversé par l'influx de mon père, sa paix, sa joie secrète, silencieuse et profonde. Le temps d'un instant, je suis devenu sa fierté. Éloquent dans son mutisme[5], il sourit, laissa sa main, là, presque sur mon front, le temps que d'autres auraient mis à faire une phrase brève.

MICHEL ONFRAY, Le Désir d'être un volcan, *journal hédoniste*,

1. **Déroger** : ne pas respecter une règle, une loi. Le terme s'appliquait autrefois à un noble ayant choisi d'exercer une profession interdite à la noblesse.
2. **Dilettante** : amateur, c'est-à-dire celui qui ne travaille pas sérieusement.
3. **Onction** : geste rituel pour attirer la bénédiction ou la grâce sur la personne qui en bénéficie.
4. **Sans ambages** : sans détours, directement.
5. **Mutisme** : silence.

DOCUMENT **3** **Affiche du film *LOL***, 2008, réalisé par Lisa Azuelos, avec Sophie Marceau et Christa Theret

Au cinéma, le thème des relations parents-enfants garantit souvent le succès d'un film. Si on peut parfois parler de chef-d'œuvre, comme pour Les 400 Coups, *de François Truffaut (1959), d'autres œuvres sont moins réussies mais restent intéressantes pour l'évocation qu'elles offrent de leur époque.*
LOL *est un film français sur les relations mère-fille, aujourd'hui, à Paris.*

Une absence de dialogue

1 Document 1

a. Qui décide du mariage des enfants et du choix du conjoint dans les pièces de Molière ?
b. Les enfants sont-ils consultés ? Sont-ils d'accord avec le choix qu'on fait pour eux ?
c. Pourquoi Harpagon et Cléante se disputent-ils ?
d. Comment Harpagon fait-il parler Cléante ?
e. Comment réagit Cléante lorsque son père lui demande d'obéir ?

2 Dans *Les Fourberies de Scapin*, à quel moment de la pièce Octave a-t-il une attitude comparable ? Quelle est sa première réaction lorsqu'on annonce l'arrivée de son père ?

3 Document 2

a. Pourquoi le père est-il fier de son fils ?
b. Comment réagit-il à l'annonce du succès de son fils ?
c. Que lui dit-il pour le féliciter ?

Des pères autoritaires

4 ***Les Fourberies de Scapin***

Dans l'acte II, scène 1, qu'aurait dû faire Argante afin de passer pour un bon père aux yeux de Géronte ?

5 Document 2

a. Comment le narrateur sait-il que son père est fier de lui ? D'après lui, que ressent son père ?
b. Pourquoi le père ne dit-il pas qu'il est heureux ?
c. En quoi cette relation père-fils diffère-t-elle de celle des pères et des fils dans les pièces de Molière ?

Lire l'image

6 Combien de membres la famille montrée sur l'affiche comprend-elle ?

7 Quelle relation mère-fille est suggérée par l'affiche ?

8 Qui sont les personnages représentés en bas de l'affiche ?

Comparer les documents

9 **a.** Quelle idée de la famille cherche à donner le film ?

b. En quoi cette famille est-elle différente de la famille à l'époque de Molière ? de celle de Michel Onfray ?

À ton avis

10 Parents et enfants
Les relations parents-enfants ont-elles beaucoup changé depuis l'époque de Molière ? Explique ta réponse.

Écrire maintenant

11 Être de bons parents
Écris un texte dans lequel tu expliqueras quelles sont, d'après toi, les qualités requises pour être de bons parents aujourd'hui.

12 Imagine un dialogue sur l'éducation des enfants entre Harpagon et le personnage de la mère représenté sur l'affiche.

Dans les comédies de Molière, valets et servantes jouent un rôle important, voire le premier rôle comme dans Les Fourberies de Scapin. *Ces personnages de comédie font référence aux usages de l'époque qui voulaient que même le simple bourgeois ait à son service un ou plusieurs domestiques. Quelles étaient les conditions de vie réelles*

La vie des valets au XVIIe siècle

L'ENQUÊTE EN 5 ÉTAPES

1 Qui sont les valets au XVIIe siècle ?

On appelle « valet » une personne attaché au service d'une autre. Valets et servantes forment la catégorie des « domestiques ». Au XVIIe siècle, ils sont fort nombreux (plus de 10 % de la population parisienne). Il est alors inconcevable, dans les milieux aristocratiques, d'effectuer soi-même des travaux domestiques.

● UNE GRANDE DIVERSITÉ DE CONDITIONS

Au XVIIe siècle, le terme de « domestique » peut recouvrir des situations très diverses, selon que la personne sert dans la maison d'un noble ou dans celle d'un bourgeois, qu'elle est elle-même issue de la noblesse ou non, qu'il s'agit d'un homme ou d'une femme.
Mais le type de domestique le plus répandu est au service d'un bourgeois, en charge à lui seul ou avec une autre personne de toute la maisonnée. Ce n'est que dans les grandes maisons aristocratiques qu'on trouve de nombreux domestiques.

● MONTRER SON RANG[1]

Un valet a une fonction bien réelle dans la maison, mais il a également une valeur symbolique. Il donne une indication sur le statut social de son maître. Plus celui-ci est de rang élevé, plus il a de domestiques. La bienséance[2] fixe d'ailleurs des règles très précises : un grand seigneur est obligé d'avoir environ cinquante domestiques à son service alors qu'un simple bourgeois doit se contenter d'un valet ou d'une servante, même s'il a les moyens d'employer d'autres personnes. Le costume des domestiques a aussi son importance : ceux des grands seigneurs portent une « livrée », uniforme aux couleurs de leur maître et dont le luxe reflète la richesse de la maison où ils servent.

1. **Rang :** place dans la société.

2. **Bienséance :** qualités de ce qui répond

Abraham Bosse (1602-1676), Les Cinq sens. Le Goût *(XVIIe siècle), gravure. Paris, Bibliothèque nationale.*

Profession : représenter son maître

Certains domestiques ne servent qu'à représenter leur maître : les coureurs, par exemple, précèdent le carrosse en portant la nuit un flambeau. Ils portent des vêtements excentriques, avec des toques à plumes. Les laquais sont également des domestiques de représentation, l'essentiel étant qu'on les voie bien, derrière le carrosse ou à quatre pas derrière leur maître, à pied. Ils sont souvent vêtus d'une luxueuse livrée[3] qui coûte une fortune à leur maître.

3. Livrée : habit d'une couleur et d'une ornementation particulières porté par les domestiques d'une grande maison, d'un seigneur.

Charles Le Brun (1619-1690), Le Chancelier Séguier entouré de serviteurs, *huile sur toile (2,95 × 3,57 m). Paris, musée du Louvre.*

2 Comment cela se passe-t-il à la cour ?

C'est bien sûr à la cour du roi qu'on trouve le plus grand nombre de « domestiques » : jusqu'à 4 000 sous le règne de Louis XIV. Ils ont un statut particulier : ayant acheté leur charge ou office, ce sont des officiers du roi. Cependant, la catégorie qu'ils forment est très hétérogène : quoi de commun, en effet, entre un grand officier de la Couronne et un artisan fournisseur de la cour ?

• LES COMMENSAUX DU ROI

À la cour de France, on appelle « commensaux » les officiers du roi qui ont le privilège de manger à la cour et de servir le roi. Le service des commensaux est une charge qu'on achète et qu'on peut effectuer par quartiers : pour quelques mois, un semestre, ou un an. Le service est récompensé par des pensions qui peuvent être importantes. Mais les dépenses induites par le train de vie à la cour sont également considérables. Les commensaux sont surtout enviés car ils sont très proches du roi. Les officiers de la chambre, par exemple, approchent le roi quotidiennement. Ils sont comblés de faveurs et peuvent être très influents.

• LE PREMIER GENTILHOMME DE LA CHAMBRE DU ROI

Le duc de Beauvilliers, premier gentilhomme de la chambre, est noble. Chef du conseil des finances, gouverneur de Bourgogne et plus tard ministre, il exerce également une fonction « domestique » auprès du roi, une fonction très enviée. Ainsi, le matin, il doit servir le roi au petit-déjeuner et, le soir, demander au souverain l'heure prévue pour son réveil du lendemain. Il prépare la chaise percée du roi et organise les audiences quand celui-ci est sur sa chaise. Il est responsable de la sécurité royale dans la chambre mais aussi des pages, des menus, de l'argenterie, du linge du roi.

Secrétaire particulier du roi

Introduits dans les « secrets » du roi, les valets de chambre, et plus particulièrement les Premiers, jouaient ce que l'on pourrait appeler de nos jours le rôle de secrétaires particuliers, le préfixe « secret » reprenant ici toute son importance étymologique.

Amusements de la famille royale à Versailles, une collation *(détail), gravure, 1694. Paris, Bibliothèque nationale.*

Seconde chambre des appartements, *estampe. Paris, Bibliothèque nationale.*

L'organisation d'une grande maison : « un monde très hétérogène »

Les grands seigneurs s'efforcent de s'entourer d'une maison dont l'organisation rappelle celle des maisons royales. On distingue trois grandes catégories d'officiers. En haut de la hiérarchie, figurent les grands officiers, d'une noblesse parfaite. Parmi ceux-ci, le gentilhomme, chargé d'accompagner le seigneur à la chasse ou à la promenade ; la demoiselle suivante, chargée de suivre la maîtresse dans tous ses déplacements. Puis viennent les officiers de deuxième classe regroupant en particulier les maîtres d'hôtel, le personnel de l'écurie, de la vénerie[1] et de la fauconnerie, l'aumônier, le secrétaire, le précepteur, le maître d'hôtel, le sommelier… Enfin, les titulaires des bas offices, d'origine roturière.

1. Vénerie : administration

3 Quelles sont les conditions de vie des valets en général ?

Devenir valet permet de vivre à l'abri de la misère mais dans des conditions souvent très difficiles.

• UN REFUGE CONTRE LA MISÈRE

Les domestiques issus de familles pauvres échappent à leur condition et sont protégés des soucis matériels, une fois chez leurs maîtres. Ainsi s'explique la dépendance volontaire d'un homme vis-à-vis d'un autre. C'est un refuge contre la misère. Les domestiques ne sont plus concernés par les famines.

Souvent, ils sont aussi pris en charge lorsqu'ils sont vieux ou malades. Le domestique fait partie des « gens » du maître. Il a presque le statut d'un membre de la famille et le maître a des devoirs envers lui.

Dans une maison de qualité, le statut de domestique est temporaire et le maître doit veiller à bien établir celui qui lui a été fidèle et lui assurer sa protection pour le reste de sa vie. Cette protection cesse lorsque le valet quitte son maître.

• GAGES OU RÉCOMPENSES

Dans les maisons bourgeoises, l'essentiel du salaire d'un valet est constitué du logement et de la nourriture, assurés par le maître.

- Les domestiques à récompense servent gratuitement et reçoivent une certaine somme à la fin de leur service. Cette somme est variable, peut être élevée, et versée lors du mariage du domestique (dot pour les filles), ou lorsque ce dernier se retire.

- Les domestique à gages travaillent pour un salaire annuel fixe. Le montant est régulé par les actes royaux. Les gages ne doivent pas être trop élevés, même en période de pénurie de domestiques, après des guerres ou des pestes. Le maître reste prioritaire, il doit pouvoir rester riche. En cas de contestation de paiement de gages entre le maître et son valet, c'est le maître qui a la faveur des tribunaux.

Jan Gerritsz Van Bronckhorst (1603-1662), Le Général Ottavio Piccolomini, *huile sur toile (2,72 × 2,37 m), Bayonne, musée Bonnat.*

• DES CONDITIONS DE SERVITUDE AUSSI

Si le domestique est en principe toujours logé, son logement est souvent médiocre : une paillasse ou un matelas, un traversin et une couverture dans des réduits, sous des escaliers ou dans des dortoirs. Dans les grandes maisons, le valet et la femme de chambre dorment toujours juste à côté de la chambre des maîtres pour être disponibles à toute heure de la nuit. Le valet n'a aucun espace personnel, il possède parfois un coffre où il peut ranger ses effets mais que le maître peut faire ouvrir s'il le souhaite.

Ce n'est qu'à la fin du XVIIIe siècle que, pour protéger la vie familiale des maîtres qui devient plus privée, l'espace s'aménage autrement, et que les domestiques commencent à avoir des chambrettes sous les toits. Dans les ménages modestes, la servante doit se contenter d'un canapé dans la chambre de sa maîtresse ou d'un coin dans la cuisine. De même, les domestiques ne mangent pas à la même table que le maître, ni la même chose. Ce sont souvent les restes qui sont servis à l'office.

D'autres avantages

Les domestiques bénéficient des avantages de leurs maîtres : exempts des corvées de route, de l'obligation de loger les gens de guerre, et du tirage au sort pour la milice[1]...
Ils adoptent aussi des habitudes de vie qui les rapprochent des maîtres : ils reçoivent des vêtements à peine portés, se nourrissent abondamment, épargnent de l'argent en vue de leur mariage, savent lire et écrire, et se comportent souvent avec insolence envers ceux qu'ils estiment inférieurs à leur maître.
En revanche, s'il perd sa place, le valet peut retomber dans la misère. Il apparaît souvent dans les archives judiciaires et registres des hôpitaux qui, à l'époque, recueillent plus de pauvres que de malades.

1. Le service militaire obligatoire n'existe pas vraiment, mais on a recours au tirage au sort. Le peuple est invité à participer à l'effort de guerre. C'est un impôt de sang. Les villageois doivent proposer l'un d'entre eux pour deux ans par tirage au sort.

4 Qu'est-ce qu'un maître attend de son valet ?

Le valet se doit de fournir le travail nécessaire pour rendre la maison de son maître toujours accueillante aux visiteurs, mais il doit aussi au maître une disponibilité et une docilité absolues.

• TOUT DOIT BRILLER

Tout doit être propre dans la maison du maître, afin de permettre à celui-ci de recevoir des visites à n'importe quel moment. Les domestiques ont un travail de nettoyage considérable, non par souci d'hygiène, mais pour répondre à la vanité de leur maître.

Dans les grandes maisons, le travail est divisé et les tâches sont spécialisées. Dans les maisons bourgeoises, plus modestes, elles sont cumulées : ainsi, la femme de chambre doit pouvoir remplacer la cuisinière.

• UNE GRANDE DISPONIBILITÉ

Les domestiques n'ont pas de temps libre, sauf certains jours fériés. Ils ont rarement une vie de famille et sont souvent célibataires. Ils doivent travailler continuellement. Quand ils ont fini, ils doivent aider leurs collègues. Ils doivent sortir le moins

Nicolaes Maes (1634-1693), La Servante paresseuse, *huile sur bois, (70 × 53,3 cm), 1655. Londres, National Gallery.*

Valet n'est pas qui veut…

« Aux vertus qu'on exige dans un domestique, votre Excellence connaît-elle beaucoup de maîtres qui fussent dignes d'être valets ? »

Figaro, dans *Le Barbier de Séville*, acte I, scène 2, de Beaumarchais.

possible. Dans certaines maisons, ils sont soumis à l'appel du soir. On recommande de loger la cuisinière dans une pièce attenante à la cuisine afin qu'elle n'ait aucun prétexte pour s'en éloigner.

La journée de travail est très longue[1]. Elle commence entre 4 et 6 heures du matin, et si les maîtres reçoivent le soir, les domestiques veillent très tard.

Pourtant, dans tous les manuels, on dénonce l'oisiveté des domestiques. Mais le maître étant responsable du salut de son domestique, il doit faire en sorte de toujours l'occuper, car l'oisiveté mène au vice.

• UNE OBÉISSANCE SANS FAILLE

Le domestique doit être soumis et entièrement dévoué à son maître, comme un enfant à son père à cette époque. Les rapports ne sont pas toujours cordiaux et les valets doivent supporter les humiliations et le mépris. Ils ne peuvent pas protester. L'insolence et la désobéissance sont donc considérées comme des fautes graves, sanctionnées par la justice. Le maître a tous les droits, il peut être autoritaire et dominateur. Il peut infliger des châtiments corporels, considérés à l'époque comme une méthode d'éducation, à ceux qui ne lui obéissent pas.

Ce n'est qu'en 1778 qu'une ordonnance de police interdit aux maîtres de frapper les domestiques.

Une punition sévère

En 1722, un domestique insolent fut condamné à dix livres d'amende, trois années de bannissement de Paris, et deux heures de carcan[2] avec l'écriteau suivant : Laquais insolent envers son maître.

1. Pour les autres métiers, le temps de travail est souvent fixé en fonction du jour : quand la nuit tombe, le travail cesse.

2. Carcan : collier de fer fixé à un poteau, auquel on attachait par le cou la personne condamnée à l'exposition publique.

5 Quelles lois réglementent la condition de valet ?

La condition de valet est très réglementée, sous le contrôle constant de la police, et les infractions sont sévèrement punies.

• SOUS CONTRÔLE DE LA POLICE

Les domestiques doivent leur existence sociale à leur maître. Sans lui, ils sont asociaux et par là même suspects. Ils sont donc très contrôlés par la police dans leurs embauches, leurs déplacements et chez leur logeur entre deux places. Lorsqu'il souhaite partir, le valet doit recevoir un congé écrit qu'il doit présenter au nouveau maître pour pouvoir être réengagé. Ce document doit contenir la cause pour laquelle il a été congédié ; si le maître refuse de délivrer ce certificat, le valet doit s'adresser à un commissaire de quartier qui, après enquête, lui en délivre un. Les maîtres ne peuvent engager personne sans certificat. Le domestique qui fait une fausse déclaration ou qui quitte son maître sans congé est considéré comme vagabond. Il est alors passible de prison.

Au XVIIIe siècle, la loi limite à un mois la durée durant laquelle un domestique peut rester à Paris après avoir quitté son maître.

• BEAUCOUP D'INTERDITS

Il est interdit aux valets de porter des armes sous peine de

Le vol : un crime jugé contre nature

Le vol domestique, considéré comme un crime contre nature, est passible de la peine de mort. Les maîtres hésitent à porter plainte en raison de cette sévérité, et se contentent le plus souvent de renvoyer le valet, par compassion, mais aussi pour éviter qu'un gibet[1] soit dressé devant leur porte et les désigne à la réprobation générale.

1. Gibet : ici, deux fourches plantées en terre, supportant une barre transversale à laquelle on suspend le cadavre du condamné afin de l'exposer aux yeux de tous.

châtiment corporel. Les maîtres qui tolèrent les armes sont passibles d'une amende et peuvent être tenus pour responsables des crimes perpétrés par leurs domestiques. Pourtant, il est d'usage de se faire accompagner en voyage par des laquais armés. Dans bien des villes, l'entrée des jeux et des théâtres est interdite aux domestiques à cause des désordres qu'ils provoquent.

● LES RELATIONS SEXUELLES HORS MARIAGE : L'INTERDIT ABSOLU

Les domestiques mères célibataires sont en proportion importante et représentent l'illustration la plus tragique de la détresse qui peut menacer les servantes. Elles sont souvent séduites et abandonnées par leur maître et risquent de ne plus trouver de place si elles ont un enfant.

Pour lutter contre les risques d'infanticide, Henri II prévoit, dans un édit de 1556, que les femmes non mariées qui n'ont pas déclaré leur grossesse et dont l'enfant est mort sans avoir reçu les saints sacrements seront punies de la peine de mort. Une déclaration en 1708 renouvelle cet édit et en impose la lecture au prône[2] tous les trois mois.

Quant au domestique soupçonné d'avoir eu des relations sexuelles avec sa maîtresse ou la fille de son maître, il est passible de la peine de mort, ou au moins des galères, même si la partenaire déclare qu'elle était consentante.

Par ailleurs, les veuves avec enfants qui épousent leur domestique ne peuvent leur faire aucune donation et sont interdites de toute disposition de leurs biens en faveur de leurs enfants.

Femme de qualité s'habillant *(détail), gravure, 1685. Paris, Bibliothèque nationale.*

2. Prône : prêche fait par un prêtre à la messe du dimanche.

Petit lexique du théâtre

Acte	Nom donné à chacune des grandes parties d'une pièce de théâtre. Le plus souvent, le changement d'acte correspond à un changement de lieu ; le rideau se ferme pour permettre le changement de décor.
Aparté	Il y a « aparté » lorsqu'un personnage parle sans être entendu d'un autre personnage, mais que le public, lui, l'entend.
Auteur dramatique	Auteur d'une pièce de théâtre. *Syn. :* dramaturge.
Comédie	Pièce comique destinée à faire rire le public. Les pièces de Molière sont des comédies.
Comédien	Personne qui joue la comédie, incarne un personnage d'une pièce. *Syn. :* acteur.
Commedia dell'arte	Genre théâtral italien dans lequel, à partir de personnages et de situations types, les comédiens développent une action en improvisant.
Coup de théâtre	Événement inattendu qui modifie radicalement le cours de l'action.
Décor	Sous forme de meubles et de grandes toiles peintes placées au fond de la scène, le décor reconstitue le lieu de l'action (forêt, chambre...) sur la scène.
Dénouement	Fin de la pièce, moment où tout s'explique et se résout.
Didascalie	Indication, figurant en italique dans le texte de la pièce, sur le décor, les costumes, le ton ou les gestes des acteurs.
Farce	Pièce courte au comique grossier où les gestes ont autant d'importance que le texte.
Honnête homme	Idéal moral du classicisme. L'honnête homme, cultivé et modéré, sait s'adapter à son interlocuteur. Il cherche à plaire en société, mais toujours avec modestie.
Metteur en scène	Personne qui dirige les acteurs (mouvements, intonations), choisit les décors et les costumes pour la représentation.

Monologue Passage où un personnage parle seul sur scène. Par convention, on considère que le monologue exprime les pensées d'un personnage aux spectateurs.

Péripétie Changement de situation.

Personnage Personne qui apparaît dans une pièce de théâtre et qui doit être représentée par un acteur.

Quiproquo En latin : « ceci pour cela ». Situation où l'on prend une personne pour une autre, où l'on comprend de travers et qui génère des effets comiques, parfois en cascade.

Réplique Ce qu'un acteur doit dire en une seule fois. Dans le texte de la pièce, devant chaque nouvelle réplique, est écrit le nom du personnage qui parle.

Représentation Nom que l'on donne à une soirée de théâtre, au fait de jouer la pièce devant un public. *Syn. :* spectacle.

Scène
1. Lieu où jouent les acteurs. On peut aussi parler des « planches » ou du « plateau ».
2. Nom donné à chacune des parties d'un acte. On change de scène lorsqu'un personnage arrive ou s'en va.

Théâtre Le mot désigne aussi bien le lieu (la salle) que ce qui s'y déroule (la pièce).

Tirade Longue réplique, dans laquelle un personnage développe une idée importante.

Tragédie Genre théâtral inventé en Grèce, dans l'Antiquité. Souvent en vers, une tragédie raconte les histoires terribles arrivées à des personnages mythologiques ou historiques. Racine et Corneille ont écrit des tragédies.

À lire et à voir

● DES PIÈCES DE MOLIÈRE

Petites comédies

Cinq comédies courtes de grands auteurs, dont *La Jalousie du Barbouillé,* de Molière.

HATIER, COLLECTION CLASSIQUES & CIE COLLÈGE, 2009

Le Médecin malgré lui, 1666

Une comédie-farce sur la médecine et les pères qui marient leurs filles contre leur gré.

HATIER, COLLECTION CLASSIQUES & CIE COLLÈGE, 2009

L'Avare, 1668

Molière dresse le portrait d'un père avare et autoritaire.

HATIER, COLLECTION CLASSIQUES & CIE COLLÈGE, 2009

George Dandin, 1668

Une comédie de mœurs avec mari trompé et jaloux, mais aussi une farce sur les riches paysans qui se marient avec des jeunes filles nobles.

HATIER, COLLECTION CLASSIQUES & CIE COLLÈGE, 2010

Le Bourgeois gentilhomme, 1670

Un riche bourgeois se ridiculise en voulant imiter les manières de l'aristocratie.

HATIER, COLLECTION CLASSIQUES & CIE COLLÈGE, 2010

• DES LIVRES ET DES FILMS POUR MIEUX CONNAÎTRE MOLIÈRE

Marie-Christine Helgerson
Louison et monsieur Molière
Flammarion, collection Castor Poche, 2000

Marguerite Yourcenar
Une belle matinée
Gallimard Jeunesse, collection Folio Junior, 2003

Michel Laporte
Molière, gentilhomme imaginaire
Hachette Jeunesse, 2007

Molière
Film d'Ariane Mnouchkine (1978)

Avec Philippe Caubère, Joséphine Derenne, Brigitte Catillon…

Un film un peu long mais passionnant sur la vie de Molière et de sa troupe.

Molière
Film de Laurent Tirard (2007)

Avec Romain Duris, Fabrice Lucchini et Ludivine Sagnier

Une vision romancée de la vie de Molière et de ses personnages…

• DES PIÈCES DE MOLIÈRE À L'ÉCRAN

Les Fourberies de Scapin
Film de Jean-Louis Benoît (1998)

Avec Philippe Torreton dans le rôle de Scapin, collection « La Comédie-Française ».

Les Fourberies de Scapin
Mise en scène de Pierre Fox (2004)

Produit par la COPAT (Coopérative de production audiovisuelle théâtrale).

Le Médecin malgré lui
Film de Georges Folgoas (1973)

Avec Jean Richard et Jacqueline Jefford, collection « Les classiques de Au théâtre ce soir ».

Le Malade imaginaire
Film de Jean-Paul Carrière (1976)

Avec Jacques Charon, Jacques Eyser, Georges Descrières, Jacques Toja, Simon Eine, collection « La Comédie-Française ».

• UN SITE INTERNET

http://www.toutmoliere.net

Un site très complet sur Molière et l'ensemble de son œuvre.
La rubrique « Iconographie » propose de très nombreuses images.

Classiques et Cie Collège en 5e

Voici une sélection de titres Classiques et Cie Collège pour les élèves de 5e, classés par grands thèmes du programme.

• LA COMÉDIE

22. MOLIÈRE - Les Fourberies de Scapin

Grâce à Scapin et à ses inventions ingénieuses, l'amour finit par triompher des pères autoritaires.
Une comédie dont l'objectif est bien de défendre les droits des amoureux et de faire rire des pères trop autoritaires.

31. MOLIÈRE - Le Bourgeois gentilhomme

Monsieur Jourdain prétend sortir de sa condition bourgeoise en singeant les manières d'un noble.

43. MOLIÈRE - Le Malade imaginaire

Argan, se sentant toujours malade, a pour idée de marier sa fille Angélique au médecin Diafoirus, tandis que celle-ci rêve d'épouser Cléante.

45. FEYDEAU - Les Pavés de l'ours
COURTELINE - Le Gora

Dans *Les Pavés de l'ours*, le nouveau domestique, Bretel, fait tout à l'envers. Quant à Bobechotte, dans *Le Gora*, elle ne prononcera pas une seule fois correctement le mot « angora » durant toute la scène !

Deux comédies-vaudevilles, où se succèdent les quiproquos.

● LITTÉRATURE DU MOYEN ÂGE ET DE LA RENAISSANCE

23. CHRÉTIEN DE TROYES - Yvain, le Chevalier au lion

Ses prouesses permettront-elles à Yvain, aidé du lion, de regagner l'amour de Laudine, sa dame ?

51. CHRÉTIEN DE TROYES - Perceval ou le Conte du Graal

Élevé à l'écart du monde, Perceval décide un beau jour de printemps de devenir un chevalier. Mais bientôt l'énigme du Graal le projette – au-delà de ses aventures chevaleresques –, dans une quête d'un ordre supérieur...

21. Le Roman de Renart

C'est bien Renart, le nargueur universel, qui tient ici la vedette avec quinze aventures et nous fait rire avec ses mille et une ruses.

12. Estula et autres fabliaux

Dix récits qui nous plongent dans la réalité quotidienne de la petite bourgeoisie de la France médiévale. Des histoires où l'on assiste au triomphe de la ruse et de l'esprit sur la puissance de l'argent.

46. Tristan et Yseult

Tristan et Yseult n'étaient pas destinés l'un à l'autre, et pourtant leur amour sera réciproque et inconditionnel jusqu'à la mort.

36. La Farce de Maître Pathelin

Maître Pierre Pathelin a promis à sa femme de lui rapporter une belle étoffe. Mais comment se la procurer sans argent ? En usant de stratagèmes et de belles paroles...

• RÉCITS D'AVENTURES

25. VERNE - Le Tour du monde en 80 jours

Philéas Fogg a parié qu'il accomplirait le tour du monde en 80 jours. Malgré toutes les embûches rencontrées, gagnera-t-il son pari ?

72. VERNE - Voyage au centre de la Terre

Le 24 mai 1863, le célèbre géologue Lidenbrock découvre un mystérieux manuscrit qui, il en est persuadé, indique le chemin menant au centre de la Terre. Un mois plus tard, accompagné de son neveu Axel et d'un guide islandais, Hans, il s'enfonce dans les entrailles du globe...

42. STEVENSON - L'Île au trésor

À la mort soudaine de Billy Bones, Jim découvre, dans les affaires du défunt, une carte indiquant l'emplacement d'un trésor sur une île déserte...

67. LONDON - L'Appel sauvage

Un grand roman d'aventures, qui nous fait vivre, aux côtés du chien Buck, la quête des chercheurs d'or dans le Grand Nord canadien.

67. LONDON - Croc-Blanc

Dans le Grand Nord sauvage et glacé, un jeune loup apprend à lutter pour rester en vie. Une nouvelle traduction adaptée aux collégiens.

Table des illustrations

Plat 3	ph © Daniel Cande
Plat 2	ph © Marc Vanappelghem
Encart I	ph © Marc Vanappelghem
Encart II	ph © Daniel Cande
Encart III, IV	ph © Laurencine Lot
2	Coll. Archives Hatier
2frise	Coll. Archives Hatier
7	ph © Madeleine Coursaget / RMN
8, 9, 14	Coll. Archives Hatier
27, 41	Coll. Archives Hatier
57	Coll. Jonas / Kharbine-Tapabor
63, 85	Coll. Archives Hatier
91, 106	Coll. Archives Hatier
107, 109	Coll. Archives Hatier
131	© Prod DB © Pathé / DR
137	Coll. Archives Hatier
138	ph © Josse / Leemage
140, 141	Coll. Archives Hatier
143	ph © Josse / Leemage
145	ph © The National Gallery, Londres, Dist. RMN / National Gallery Photographic Department
148	Coll. Archives Hatier

Iconographie : Hatier Illustration
Principe de maquette : Marie-Astrid Bailly-Maître & Sterenn Heudiard
Suivi éditorial : Gwenaëlle Ohannessian et Luce Camus
Illustrations intérieures : Prince Gigi
Mise en page : CGI

Hatier s'engage pour
l'environnement en réduisant
l'empreinte carbone de ses livres.
Celle de cet exemplaire est de :
450 g éq. CO_2
Rendez-vous sur
www.hatier-durable.fr

PAPIER À BASE DE
FIBRES CERTIFIÉES

Achevé d'imprimer par Grafica Veneta SpA - Italie
dépôt légal n° 98710-6/02 - Février 2016